KB113602

혜성의 냄새

혜성의 냄새

문혜진 시집

민음의 시 230

민음사

아직도 나는 하고 싶어.
결석과 암석의 돌팔매질!

2017년 1월
문혜진

차 례

1부

전복   13

누군가 내 잠 속을 걷는다   15

금동아미타불   18

매의 눈이 고프게   20

소행성 이카루스가 날아오던 밤   22

폐어   24

레드 바이올린   26

아바나   29

나의 폐름기   30

통증의 해부학   32

생의 춤   34

마더의 칼로   36

흰비오리   38

$22\frac{3}{4}$ 41

거미줄   42

침대에 걸터앉아 우두커니   44

살구   46

해변 없는 바다   48

큰고니가 지나간다   50

무릎 ― 할머니께   52

2부

귀면(鬼面)　57

8분 후의 생　59

검은 여자　60

외치　62

KTX에서　63

혜성의 냄새　64

뼈피리　68

전쟁 포르노　70

흡혈 박쥐　73

물뱀　76

네르발이 지나간 자리　77

흰올빼미와의 거리　78

한밤의 포클레인　81

스피팅코브라식 독설　82

이빨이 서른두 개였을 때　84

거북목　86

물기 어린 말　88

백야 버스　90

네펜테스　92

뿔잔　94

망상 해수욕장　97

산세베리아　100

너구리 한 마리　102

칸나　104

철가면을 쓴 해마　106

0시의 북쪽　108

3부

아틀란티스 연인　113

검은 맘바　116

뇌간　118

지상의 젖가슴　120

달항아리　122

화석이 된 이름 트리옵스　124

바다의 통증　126

비단무늬그물뱀　128

타클라마칸　129

시간의 잔무늬 거울　132

카나리아 호날두　134

로드킬 2　137

튀튀　138

코스모노트 호텔　140

주홍빛 손가락　142

그 여름 나의 박제 정원　143

경(經)을 태우듯 갱을 빠져 나와　144

맨드라미   146

인왕산에서   147

4부

모래의 시 1 — 돈황   153

모래의 시 2 — 모래톱   155

모래의 시 3 — 서귀포   156

모래의 시 4 — 사막의 독트린   158

천둥새 아르젠타비스   159

가면올빼미 우는 밤   162

그 밤의 와룡교(臥龍橋)   164

외뿔고래   166

머리카락 자리   168

몰이꾼과 저격수   170

찢어지는 남자, 찢어지는 여자   171

중력의 해골   172

하수구를 뚫는 밤   174

카페 부다   176

플랫폼   177

작품 해설 | 허희   179

이대로인 채 이대로가 아니게

1부

전복

광장 공포증을 앓는 당신과
고독 공포증을 앓는 내가

늦가을 감포 해송정식당
늙은 해녀의 안방에서
전복탕을 먹는다

식어 버린 내 앞에서
끓어 넘치는 전복탕

시퍼런 내장의 쓰라림
적막한 껍질이 쏟아 놓은
울음들

여린 암초 사이에서 전복된
푸른 두갈래사슬풀 무늬

마지막 그 밥상
잔물결 치는 자개장을 등지고

전복탕을 먹는다

광장 공포증을 앓는 당신과
고독 공포증을 앓는 내가

누군가 내 잠 속을 걷는다

왈칵, 잠이 쏟아졌지
마흔하나
아파트 시린 난간
그녀의 장례식장 가는 길
그녀가 남긴 마지막 예약 문자
멀리, 아주 멀리
나 여행을 떠나려고 해
이제는 없는
수메르 문자
쐐기의 억양으로 중얼대며
누군가 내 잠 속을 걷는다

버스를 타자 졸음이 쏟아졌지
이어폰을 꽂고
유리창에 머리를 쿡쿡 찧을 때,
짙어지는 벚꽃 향기
벚꽃을 짓이기며
레퀴엠, 레퀴엠
누군가 내 잠 속을 걷는다

소파에 귀를 대자
내 머리채를 끌어당기는 잠의 귀
냉장고 소리 너머
자박 자박
거꾸로 선
머리카락을 끌고
누군가 또 내 잠 속을 걷는다

이상하게 잠이 쏟아졌지
목을 툭툭 떨구며
난간을 붙잡고
지하철 스크린 도어 앞에 겨우 섰을 때,
왈칵, 또 잠이 쏟아졌지
너덜너덜한 잠, 파삭해진 잠, 헐벗은 잠, 얇디얇은 잠, 기반 없는 잠, 한 번도 가져 본 적 없는 깊디깊은 잠 속으로 누군가 내 발목을 자꾸 끌어당겼지 너무 깊어 바닥을 알수 없는 잠이 미치도록 쏟아졌지

뒷목이
우리하다
뻐근하다
아린다
저민다
쑤신다
찌른다

누군가 또 내 잠 속을 걷는다

금동아미타불

그가 보스턴 미술관에서 보낸 사진에는
금동아미타불이
어둠에 뭉개져 있었다
중국의 절을 통째로 뜯어 온 것이라 한다
적막의 아미타불
희미한 미소가 뭉개진 불상
불상은 조상이 없다
불안이 없다
불면증이 없다
없다, 없다, 없다
없다는 것은 있었던 것을 지워 나가는 것
그것도 아니면
있는 것처럼 보이기 위해
허공에 황금 근육을 입히는 것

한 자루의 칼과
거푸집 속에서 끓어오르는 금쇳물
사람들은 국경을 넘어
터를 닦고

절간을 통째로 뜯어 와 다시,
누각을 세우고
연못에 잉어를 푼다
그러고는 금불상 앞에 엎드려
백팔 배, 천 배, 만 배
있었던 일들이 없던 일로 지워질 때까지
아니,
처음부터 없었던 것처럼 보이기 위해
허공에 황금 근육을 벗겨 나간다

매의 눈이 고프게

암시장의 매
사막의 매사냥을 위해
한 달도 못돼 죽는다는 것을 알면서도
아랍 왕족들이 사들인다는
북극 흰바다매

황금, 황금빛 때문에
금룡, 홍룡, 아로와나 물고기를 찾는
세기의 수집가들
그 가질 수 없는 아름다움을
찢는

매의 눈으로
매를 본다

사막의 빈 허공
피 튀는
매발톱 자국

그 핏빛 떨림이
내 것이었으면

매의 눈이
고프게
나를 본다

* 이암의 가응도(架鷹圖)를 보고 썼다.

소행성 이카루스가 날아오던 밤

아이가 친구 얼굴에 돌을 던진 날
나의 왼쪽 가슴에서 에베레스트가 자라기 시작했다
아홉 개 종양
아홉 개 행성
어디로 향하는지 모를 산맥에 누워
나는 찢어진다
무한히 팽창되는
내 몸의 판게아

아이가 내 얼굴에 돌을 던진 날
에베레스트
에베레스트
불타다 사라지는
모든 잿더미 속 몸부림
나는 다시 찢어진다
내 고통의 산욕에
돌을 던져다오!
아홉 개 종양
아홉 개 행성

어디로 향하는지 모를 산맥에 누워

폐사된 해변 고래 울음소리를 듣는다

늑골이 찢기고

녹아내려

이제 말라 가는

내 가슴속 만년설

거대한 빛이

내 해골의 천공을 뚫고 밤하늘에 무한히 뻗어 나간다

아홉 개 종양

아홉 개 행성

벽면 가득한 해골들이

내 그림자를 물어뜯고

달의 눈동자를 덮는 밤

내 가슴속 대륙들이 갈라지기 시작한다

폐어

나는 한 마리 아프리카 폐어였을까
마스크를 쓰고
휴대용 공기 청정기를 차고
나는 걷는다
오존주의보
나는 지느러미가 없다
아가미가 없다
비늘도 없다
여름의 정수리에
타들어 가는 대기의 뼈 냄새
유골단지 빛깔
잿빛무늬병
숨을 쉴 수가 없다
폐, 폐 속
화석 어류의 희미한 흔적이
가쁘게 숨을 헐떡인다
목구멍이 타들어 간다
숨통이 조여 온다
내 몸을 뚫고 지나가는

말라 터진

데본기 진흙 냄새

금빛 배지느러미를 일으켜

겨우 앞으로

몸을 밀고 나가는

아프리카 폐어의 직립

뙤약볕 아래

다만,

나는 오존주의보 속을 걷는다

레드 바이올린*

피를 덮어 쓰고
통각의 활로
환부를 도려내는 소리가 있다

나를 그어 주오, 그 활로!
심장의 과녁에
부풀어 오르는 젖가슴에
끓어오르는
청동미라 울음소리
내 뼈에 새겨다오!

나를 그어 주오, 그 활로!
재의 쇠망치로
뜨겁게 몰아치는 활의 폭풍
늑골의 불기둥에
펄떡거리는 심장에
끓어오르는 쇠울음

나를 그어 주오, 그 활로!

앙상한 정강이
휘어진 골반에
혈관을 긁는
애끓는 현의 계단

나를 그어 주오, 그 활로!
날빛 신성한
벼락이 몸을 뚫고
광휘의 정기를 빨아들여
가문비나무 자궁에서
마침내 터져 나오는 늙은 나무의 뼈울음

나를 그어 주오, 그 활로!
내 몸이 부서질 때까지
부서져 사라질 때까지
피를 뚝뚝 흘리며
몸을 떨고 있었지
울고 있었는지 몰라

그 순간,
두 팔에 타오르는 피의 불기둥!
나를 그어 주오, 그 활로!
나를 그어 주오
피맺힌 그 활로!

* 프랑소와 지라르 감독의 영화 제목이다.

아바나

아바나 해변에 눕는다 황금사자원숭이 뇌수로 끓인 스프, 탕탕 끓어오르는 빗소리를 가진 그런 빨간 지붕 아래서, 사흘 밤낮을 뒹굴고 나는 그의 뇌수를 떠 마시리라! 나의 죄, 나의 뇌, 뇌를 뒤흔드는 우레의 쇠북이 탕탕 내 심장을 두드려 다시 네 심장을 뛰게 하는 소리, 황금사자원숭이 뇌수로 끓인 스프를 마시고 우리는 아바나 해변에 눕는다 코발트 빛 바다, 이글거리는 붉은 흙을 깔고, 우레의 쇠북이 탕탕, 너의 뜨거운 허벅지를 조이면, 황금빛 꼬리가 내 등줄기를 훑고 허리를 감아온다 탕탕, 창자에서 끓어오르는 심해의 열수분출공, 아바나 해변에서 사흘 밤낮을 뒹굴고, 우리는 끌어안은 채 화석이 된 연인처럼 너는 내 재의 심장에 올라타라! 터질 듯한 관자놀이, 조여드는 심장, 팔딱거리는 혈관을 두드려 줘 탕탕 더 세게, 더 세게, 나를 삼켜, 우레의 쇠북이 긴 혀를 뻗어, 소용돌이치는, 아직 불길을 머금은 그 입술로 나의 뇌수를 떠서 마셔! 어서!

나의 페름기

밤에, 밤중에 공중에 텅 빈 쇠망치 소리 내 두개골을 텅
텅 울린다

153번 버스를 타고 서대문자연사박물관을 다녀온 밤,

내 귓속 이석(耳石)에 누군가 나를 끌어다 눕힌다

페름기 삼엽충이 달팽이관을 지나 어디론가 굴러간다

암모나이트와 앵무조개의 나선형이

구른다, 흔들린다, 뒤집힌다

청상아리 내 귀를 뜯고

톱상어가 골반을 켜는 소리

검치호랑이 단검의 송곳니로 내 심장을 찍어 내린다

굉음, 지구 자전의 굉음이 눈알로 전이된다

운석이 날아와 부딪친다

돈다, 돌아간다 메스꺼움, 현기증, 구토

이 밤 내 귓속에서 온 세계가

구른다, 흔들린다, 뒤집힌다

내 몸을 훑고 지나간 모든 소리들이

내 혈관 속 마그마를 뒤흔들고 지나간다

나의 페름기가 막,

고막을 빠져나가는 소리를 듣는다

통증의 해부학

누가 보냈을까? 내가 숨어들었던 물개 가죽, 그 도려낸 살덩이의 객실에서 혼자 우두커니, 내 거웃을 들여다보던 나의 한때,

모란앵무가 죽던 날, 눈썹을 밀었지, 아기가 나오던 새벽, 침대에 누워 거웃을 밀고 자, 나는 제왕이 된다 제왕의 절개로 나를 찢고, 너는 태어난다! 칼, 칼끝, 출렁이는 창자의 리듬, 의사의 무심한 농담 사이, 허공에 가랑이를 벌리고, 찢어지게 내 거웃을 들여다볼 수 없었던 나의 한때,

태아 자세로 무통주사에서 깨어났을 때, 퉁퉁 부은 내 발은 칠 벗겨진 새장의 객실, 오한에 턱이 딱딱 부딪치던 회복실, 아기 울음 속에서 새장들이 자라나, 천장을 뚫고 새털구름 위로 뻗어 갔지 암흑물질 사이, 성단과 먼지 구름 속으로 자라는 내 통증의 첨탑

나는 천체를 달리는 새장의 발로 별들의 하얀 시트에 흙을 뿌렸다! 지독한 밤의 샅에 얼굴을 들이밀고, 뒤집힌 채 굳어 가는 모란앵무의 발가락에 내 발가락을 포갠 그날

밤, 나는 다시 찢기기 시작했지 큰부리새 은하를 가로질러 내 심장의 도주로에 대해, 대뇌에 번식하는 새장의 환영, 두 다리는 점점 멀어져 찢기고, 턱을 괴던 팔이 어깨를 찢고 나가 대지에 못박힌다

누가 보냈을까? 밤새 거대한 밤구름이 몰려와 내 찢긴 몸 사이를 채우기 시작했다 가만, 누가 보냈을까?

생의 춤*

너는 식사를 마쳤고
화장실 문을 닫는다

너는 텔레비전을 켠다
나는 전화기를 끈다

너는 켜고
나는 끈다

나는 설거지를 마쳤고
너는 커피를 내린다

나는 냉장고를 열고
너는 침묵

실명한 밤이
시간의 벽을 허문다

나는 전갈의 문장으로

공기의 입을 찌른다

너는 유령거미처럼
날짜 변경선을 뛰어넘는다

* 에드바르 뭉크의 그림 제목이다.

마더의 칼로

마더와 남대문 시장에서 아귀찜을 먹고 붉어진 입을 닦으며 들어선 미술관, 마더와 나, 고사리, 취나물, 두릅 꺾던 봄날, 살다 보니 이런 날도 다 있구나 그날, 프리다 칼로의 「나의 탄생」 앞에서, 마더의 살과 뼈를 찢고 첫 숨을 터뜨리던 피투성이 나를 그리던 그날, 마더와 나, 질겨진 손등을 부여잡고 우리는 칼로의 피투성이 길을 따라 손잡고 맨발로 걸었네!

마더의 속살, 칼로, 칼로 열어도 꽉 다문 뻘 힘의 바다 조개, 피투성이 그 마더의 칼로 수탉의 목을 치고 메기 머리통을 찍어 우리들을 먹였지 마더의 칼과 피, 마더의 몸에서 내가 처음 내쳐질 때, 계속 머무르고 싶었던 따스하고 둥근 마더의 바다, 우리는 그때부터 칼로, 칼로, 서로를 버티고 벼리며, 피투성이 길 위에 맨발로 서 있네!

쇠파이프가 자궁까지 관통한 여자아이가 있었대 숯덩이처럼 굵은 눈썹, 틀어 올린 머리 위로 검은비단원숭이, 이글거리는 흑표범의 눈빛을 가진 멕시코의 피 프리다 칼로! 누워서 입으로 붓을 물고 피투성이 자기를 그리고 또 그렸지 마더의 피로 나를 그렸듯, 내가 휘둘러야 할 칼들이 날을 세우고 고요히 내 앞에 누워 있네 마더와 나, 우리는 칼로, 칼로, 서로를 버티고 벼리며 피투성이 길 위에 맨발로 서 있네!

흰비오리

캄캄한 밤
비행기가 활주로를 사뿐히 날아오를 때
새털구름이 허공에 뒤틀릴 때
흰비오리 한 마리
엔진 속으로
돌진해 온다
겨울비 흩뿌리는
밤안개 속
굉음의 엔진 소리
그때 나는
비행기 날개 쪽에 앉아 있었다
내 막막한 난청은
날개 쪽에서
엔진 쪽에서
내 뼈와
살이
으스러지는 소리를 듣는다
초승달의 비명
흑사 해변에 터지는

파도의 흰 폭죽

울음도 없이

지상의 광합성을 끝내는 시간

칠흑의 밤

하얀 날갯죽지가

깃털과

뼈

살점으로

핏빛 회오리 속에서

공중에 흩뿌려진다

어떤 비는

골콩드*, 골콩드

회색 도시에 내리는

검은 코트의 신사들을 닮아서

서서히 닳아지는

시간의 날개가

날아오르는지

추락하는지

한순간

대기의 눈자위 위로

희번덕

흔들릴 때

먹구름 속 터지는 번개

비행기 동체를 집어삼킬

폭풍의 예감

지구 자전의 굉음을

들을 수 없는

나의 난청이

캄캄한 하늘의 고막을 찢는다

* 르네 마그리트 그림 제목으로 '겨울비'라고도 불린다.

$22\frac{3}{4}$

지금은 붉은다이아몬드방울뱀의 시간, 탱고 무희의 격정적 스텝, 얽혀드는 두 마리 뱀, 부에노스아이레스 뒷골목 맹인 연주자, 반도네온의 흐느낌은 상체를 곧추 세우고 혀를 날름거리며 머리를 앞뒤로 흔드는 방울뱀의 전투를 떠올리게 하지 비늘을 세우고 피부에 닿으면 경련을 일으키며 발작하는 맥박, 칼을 품고 적과 뜨겁게 키스하는 스파이의 공격술, 이것은 전투에 관한 이야기가 아니지 구애에 대한 이야기도 아니야 먼저 물지 않으면 물리게 되는 마지막 본능의 몸부림, 전조도 없이 번쩍이는 마른번개 속에서 살 시간이 얼마 남지 않은 두 마리 늙은 방울뱀의 사투, $22\frac{3}{4}$시간 동안 서로를 지탱한 채 맹렬하게 빨아들여 흡반처럼, 서로 다른 쪽으로 머리를 두고 평행선을 긋는 두 마리 뱀, 지금은 칼부코 화산이 가장 짧은 그림자로 세상에서 가장 뜨거운 점액을 뿜어내는, 붉은다이아몬드방울뱀의 교미 시간

거미줄

호랑거미 거미줄이 굳어 갈 때
거미줄에 먼지들이 달라붙을 때,
4층 가건물 베란다

새벽 한 시
남편과 싸우고 뛰쳐나가
불 꺼진 서울역 대합실
막차는 끊어지고
나는 더 이상 갈 곳이 없다
호랑거미 거미줄이 굳어 갈 때
거미줄에 먼지들이 달라붙을 때,
훔, 훔, 훔
너, 너, 너
같은 홈리스
나, 나, 나
같은 집순이
나는 더 이상 갈 곳이 없다

노숙자가 나를 본다

때 전 백발의 침묵
마주한 시선
웅크린 거미의 눈빛
막막한 밤,
서로의 거미줄에 기대어
나는 더 이상 갈 곳이 없다

밤하늘
머리 푼 별이
조용히 불타고 있다

침대에 걸터앉아 우두커니

올무에 목이 걸린 고라니 그림
동생이 그리다 만
액자 집에서 수년 묵은 고라니가
목을 쳐들고
울부짖는 밤
침대에 앉아 우두커니
고라니를 바라본다
피 흘리며
목 졸린 채
사체가 되어 가는 고라니
오늘이 나의 마지막 밤은 아닐까
태양의 실오라기
빛으로부터 몸이 자라나
시야에서 사라지는 흰매처럼
하나의 점으로
흑점으로
암막 커튼에 쌓여
침대에 앉아 우두커니
오늘이 나의 마지막 밤은 아닐까

거울 속 내 눈을 들여다본다
내 눈에 새겨진 흑점,
내가 들여다본
대양의 깊이와
거대한 빛 조각의 파편이
내 몸을 부풀리고
나를 품은 잉태와
내 속에서 돌던 아가들의
텅 빈 시간을 길어 올린다
그날 밤,
우리 집 지붕을 뚫고 자란 자작나무가
은하의 긴 물줄기를 돌아 다시
내 목을 적실 때까지
침대에 걸터앉아
우두커니,

살구

욕조의 물을 버리고 밖으로 나온다

장애의 늙은 남자는 목욕 시키는 내내 거기를 가렸고

닦이고 환자복을 다시 입혀도

거기를 둥글게 감싸 쥐고 텔레비전을 본다

빳빳하게 풀 먹인 광목 바지 안에서

하얀 아가미의 물고기가 비늘을 털고

낡은 침대는 여진으로 잠시

흔들렸다

그의 눈치와

나의 엄두가 부딪쳐 창밖 살구나무를 흔들자

퉁그리,

살구가 떨어지고 그가

굴렀다, 굴러 침대 아래로

떨어졌다

나의 눈치와

그의 내리깐 염치가 부딪쳐

바닥에서 잠시 뒹굴었다

터진 살구 속 모래가

퉁그리!

해변 없는 바다*

　지금 나는 바다에서 왔어요 젖은 머리에서 물이 뚝뚝 떨어져요 등고선, 해저 평원의 능선, 메두사불가사리 모양으로 잘라 주세요 베네치아 산타마리아 역에 내렸을 때, 머리카락이 자르고 싶어 중얼거렸지 테이블보를 날리는 바닷바람에 허기가 밀려와 봉골레를 시켜 놓고,

　파업 중인 수상버스 선착장을 돌아 트렁크를 끌고, 물의 궁전에는 돌바닥 균열을 쪼는 비둘기 떼, 분수를 도는 아이들, 겨울이면 산마르코 광장까지 바다가 들어와 장벽을 허무는 물의 습(習), 그들은 모두 기억의 물에서 깨어난 얼굴 없는 괴한, 해변 없는 바다

　노파들은 수의를 지어 입고 바다로 돌아갈 날을 손꼽으며 레이스 뜨개로 황혼의 둔기를 만들지 면도날의 회전치아를 가진 심해의 검은 아귀 입속으로 들어가는 꿈을 꾸는 날이면 바다에 나가 빵을 뿌리고 돌아오지 유령게의 눈으로도 볼 수 없는, 가장 어두운 곳에서 몸을 지키는 것은 투명

지금 나는 바다에서 왔어요 바다 눈, 죽은 동물의 배설물이 눈으로 날리는 심해의 폭설을 맞고 오는 길이에요 입에서 산호초가 피어나요 젖은 머리에서 해파리가 뚝뚝 떨어지잖아요 어서 머리카락을 잘라 주세요 가장 깊은 바닷속 대륙 사면, 해저 산맥의 수직 절벽, 검은 연기 솟구치는 열수 분출공, 입도 항문도 없는 관벌레 이글거리는 붉은 아가미의 촉수를 따라…… 지금 나는 바다에서 왔어요 바다에서 왔어요

* 빌 비올라의 전시 '해변 없는 바다'에서 인용하였다.

자아(自我)는 해변 없는 바다
아무리 바라보아도 시작과 끝이 없다
여기에서나 다음 세상에서도

— 이븐 알 아라비

큰고니가 지나간다

종합병원 자기공명단층촬영실
눈 감으면 텅 빈 하얀빛
이제 X선 사진 속에서만 아름다운 흑백
올해도 나의 하얀 두개골 위로
큰고니가 지나간다

숨을 크게 찰칵
숨을 참고 찰칵찰칵
심장의 펌프질,
나의 하얀 빗장뼈와
성근 늑골 위로
큰고니가 지나간다

썩어야 드러날
내 뼈의 건축물
새하얀 태반 속 아가들
투명한 손톱과
심장이 자라는 동안
큰고니는 먼 바다를 날아

시베리아 툰드라 차가운 물 위에서
다시 여름을 보내고 오겠지

흐린 날 자주 시큰거리는 관절
이제는 헐거워져
시린 나의 무릎 위로
눈 감으면 텅 빈 하얀빛
X선 사진 속에서만 아름다운 흑백
이제는 웃어도 어색하지 않은
나의 해골 위로
올해도 큰고니가 지나간다

무릎
— 할머니께

하얀 병실
무릎은 지하 어둠을 향해 열리고
마지막 숨결이 밤하늘을 오르내린다

무릎은 튀어나온 눈을 갖는다
그러나
그 눈은 더 이상 나를 볼 수 없다

무릎은 신을 갖는다.
그러나
그 신은 한 채의 여자를
무릎에 세워
뼈가 닳도록 일생 동안 끌고 다녔다

그녀의 무릎에 쏟아지던
한낮 뻐꾸기 소리

가을 억새와
산국화 향기

온 산 그림자 그 무릎을 베고 눕는다

나는 앙상한 그 무릎에 얼굴을 묻고
미처 보지 못한
무릎의 일생과
무릎에서 잠든
백일홍의 시간을 일으켜 세운다

흰 울음이 터진다

무릎이 그녀의 영혼을 이끌고
어디론가 가고 있다

2부

귀면(鬼面)

폐렴을 앓는 내 아이의 얼굴에서

홍수아이*가 보인다

암각화에서 튀어나온 독살된 입들이 보인다

동굴 속 석회암 널 위에 반듯이 누운 아이의 해골이 보
인다

그 위에 흩뿌려진 국화꽃 향기

4만 년 전 살았던 아이의 화석

뜨겁게 몸을 달구던 피

골수를 마신 바람이

내 아이의 숨을 찢어 놓고

엎드린 채 가르랑거리는 얇은 등을 빠져나가는 것이 보
인다

모든 지층의 뼈들이 일어나 바람에 울부짖으며

얼굴을 바꾸는 것이

보인다

보인다

* 청원 두루봉 동굴 유적에서 발굴된 3~4세 가량 아이의 구석기시대 화석.

8분 후의 생

태양빛이 지구에 도달하는 시간 8분

8분 후, 복지원 앞 버려진 동파된 아기의 마지막 숨결
8분 후, 한강철교 위 해고 노동자의 고공 농성
8분 후, 여덟 개 보험을 계약한 가족사기단의 그림자활극
8분 후, 공허의 장기를 찌르는 연인의 페니스
8분 후, 피의 번지점프

그 시차의 토카타*와 푸가

* 토카타 : 건반악기로 화려하고 기교적인 연주를 하기위해 만든 전주곡.

검은 여자

살의 갱을 뚫고 막 나온 아기가
젖을 물자
나는 검은 여자가 된다
메갈로돈 화석의 검은 이빨
검은 손톱과
검은 불온
검은 아기집을 가진
다시 또 검어질 미래의 여자
뜯어먹어 날!
검은 빵이라도 좋아!
까마귀가 될 거야
아침부터 울어 대는 재수,
재수가 될 거야

나는 한밤중에 듣는 사람
검은 달 바위 아래
고개를 처들고
별들의 금맥을 찢고
한밤중에

검은 소금을 뿌리는 사람

우리가 아직 태어나지 않았을 적에
캄브리아기 밤에,
다음 봄에,
나는 다시 검은 여자가 된다
검은 모성과
검은 예언,
다시 또 검어질 미래의 여자

외치

외치, 눈과 얼음의 골짜기에서 발견된 냉동미라, 5300년 전 석기 시대, 눈 덮인 대평원, 붉은사슴 발자국, 키 165cm, 몸무게 38kg, 45세 남자, 곱슬 머리카락, 갈색 눈, 곰 가죽 모자, 염소 가죽 정강이받이에 풀잎 망토, 뼈에 도끼날을 묶어 만든 구리 도끼를 차고, 왼쪽 쇄골 아래 동맥을 관통한 돌촉 화살, 얼음벽에 떨어지는 우렛소리, 쿵!

눈 덮인 아파트 화단, 부러진 나뭇가지, 눈 위에 검게 누운 사체, 번지는 핏물, 구급차 사이렌 소리, 카메라 플래시, 멀리 6차선을 가르는 제설차 경적 소리

KTX에서

플라스틱 물통에 담아 온 직지사 버들치
버들치가 죽었다
엄마, 물고기가 나무가 되었어요!
나는 창밖에 서 있는 버드나무들을 바라본다

혜성의 냄새

핼리 혜성이 마지막으로 관측된 것은 1986년
내 나이 열한 살 때,
다음 접근 시기는 2062년 여름
이 밤
나는 상상한다
불타는 혜성의 냄새를

포름알데히드

유골캡슐 로켓이
우주로 발사된다
우주장례식
너의 시간은
포름알데히드 수조에 가라앉는
감람석 빛 운석

메탄

너는 오르트 구름과 카이퍼 벨트 사이
얼음알갱이로 떠돌다
던져졌다
너는 지금
명왕성 지하 바다
메탄의 대기를 지난다
태양과 점점 멀어진다
타들어 가는 초침을 가진
내 두개골 속 시계

암모니아

그날 밤,
그 냄새는
내 몸 속 어두운 구석에서 시작되었다
고름 고인 이빨 사이
가랑이 사이

땀구멍
털 속
림프관에서 시작되었다
아니
나팔관 호른의 월식
구토
뱀이 꼬인
시궁창
쓸개즙
밑바닥
뻘
마그마
그 아래
가장 깊은 바다
마리아나 해구 폭풍 속에서
끓어오르는
흰 이빨 아귀 울음소리

사인화수소

아파트 15층 옥상, 거대한 황금빛 화분, 너는 난간에 서서 깊이 숨을 들이쉰다 알몸을 웅크린 채, 숨을 참고 몸을 던진다 납추를 달고 깊이, 더 깊이, 가장 깊은 바다 마리아나 해구 첼린저 해연, 그 차가운 암흑의 바다로 금빛 불길이 바다의 관덮개를 지진다, 굉음, 치솟는 빙괴, 수장된 불꽃의 메아리

아파트 15층 옥상,
벽돌 수직 낙하
퍽!
피투성이 얼굴
그 위로 훅 끼쳐오는
불타는 혜성의 냄새

뼈피리

바람의 널을 타고 죽은 새의 영혼이 온다

구천 년 전 죽은 흑두루미 다리뼈에

일곱 개 구멍을 내고

늙은 장님 악사가 숨을 불어넣자

바람의 널을 타고 죽은 새의 영혼이 온다

허공 가득 울리는

투명한 빛의 명주실 소리

뼈의 실금을 찢고

그 생생한 상처의 텅 빈 골짜기에

맨 처음 숨을 불어넣은 이 누구인가?

바람의 널을 타고 죽은 새의 영혼이 온다

바람에서 바람으로

고대이자 후대인 바람의 화석이

무수한 시간의 문을 찢고 들어와

이 밤,

내 시린 뼈를 울린다

새벽 1시

유튜브에서 울려퍼지는 뼈피리 소리

전쟁 포르노*

얼굴 혹은 가면

재의 수요일

산마르코 광장 카니발

베네치아 화려한 가면들이

복화술처럼

내 얼굴을 훑고 지나가는 밤

가면 행렬이 물의 얼굴을 밟고 지나간다

탕, 탕, 탕!

누군가 가면을 바꾼다

얼굴 혹은 복면

파리 11구 바타클랑 극장, 록밴드의 사운드가 절정에 치달았을 때, 검은 복면들, 기타 줄이 끊어지고 타. 타. 타. 명. 령. 대로 작. 전. 대로 관객들을 향한 무차별 총격 타. 타. 타. 살점이 튀고 솟구치는 파편들, 화염 속 검은 연기가 낄. 낄. 낄. 아직 살아 있어 타. 타. 타. 가슴에 총상을 입고 폭격으로 무너져 내린 무대, 피가 피를 짓밟는 밤, 잘린 다리에서 피어오르는 검은 연기, 이것은 전쟁 포르노 눈 먼 세계의 굶주린 눈들

소년병

뉴스를 보다가, 단 한 명의 생존자, 관타나모 수용소에 수감된 15세 소년병 오마 카드르, 아버지의 뜻대로 나는 자라서 전사가 되었어요 아니 전사가 되기 위해 자랐죠 투항하라 살고 싶으면, 투항하라! 수류탄을 던진다 총을 쏜다 발이 잘린다 피가 피를 익사시키는 밤, 투항하라! 살고

싶으면 투. 항. 하라. 탕, 탕, 탕!

---

* 안락한 컴퓨터 앞에 앉아서 사람이 죽어 가는 동영상류를 지켜보는 것을
  전쟁 포르노(War Porno)라 한다.

흡혈 박쥐

너는 흡혈 박쥐
거꾸로 매달린 채
내 옷장 깊은 곳
철지난 검은 망토 속에서
고개를 처드는 흡혈 박쥐
거꾸로 매달려도
나는 죽지 않아
창백한 달빛
시체의 분수 아래서
우리는 찰거머리처럼 뒤엉겨
피로 뚱뚱해질 때까지
피를 빤다
해가 뜨면 사라졌다가
너는 밤마다
피를 게워 낸다
학원에서 돌아온 아이들은
게운 피를 먹고 잠이 든다
너는 너대로
나는 나대로

피 속에서
우리는 늙지 않지
거꾸로 매달려도
나는 죽지 않아
들창코에 가지런한 이빨로
밤의 급행열차
달의 대리석
너는 유령 연인
거꾸로 매달려
핏물 고인 이빨로
내일 또 내일
비린 피 냄새에 끼쳐 오는
폐광촌 지하 갱 냄새
리기다소나무 수액 냄새
피가 빠져나간다
너는 내 골수까지 발라 마신다
틀니가 담긴 유리컵이
해골 웃음을 터뜨린다
밤새 머리가 하얗게 새어 버렸다

누군가를 물어야

나도 살아남을 수 있다

물뱀

　말조개의 입술로 입을 맞추었지 너와 나, 잡풀 무성한 무
덤가, 맨발로 뛰어든 저수지, 심장의 자맥질, 발끝을 스치는
검정말의 춤, 산버들 뿌리가 음지의 불기둥처럼 검게 드리워
져 있었지 연둣빛 물살에 몸을 맡기고, 햇살 아른거리는 물
풀 사이에서 너와 나는 오래 입을 맞추었지 4월, 저수지에
쏟아지는 산뻐꾸기 울음소리, 햇살 속에서 두 영혼이 뒤엉
기고, 저수지의 속살로 미끄러져 가는 물뱀 두 마리

네르발이 지나간 자리

　노루발이 지나간 자리, 네르발이 지나간 자리, 내 몸의 칼자국, 찢은 곳을 또 찢을 때, 내 안의 물, 내 안의 불, 뒤엉킨 내 안의 천적들, 내 안의 병든 탑, 들끓는 심장에 핀 투구꽃! 시작과 소멸, 그 핏빛 테두리의 관, 내 핏줄 속 흐르는 폐기된 태양풍, 쓰레기 (나는 음식물 쓰레기를 버리러 간다) 세포의 백일몽, 폭발하는 붉은 쇳물, 붉은 핏물, 노루발이 지나간 자리, 네르발이 지나간 자리, 찌른 곳을 또 찌를 때, 단죄의 겹, (나는 성당에 간다 고해를 한다 오! 신부님!) 겹이 많아 고단한 주름진 대뇌에 우글거리는 내 안의 발들, 지네발이 지나간 자리, 집게발이 지나간 자리, 우글거리는 발들의 절벽, 발들의 광속 함대, 너는 빛보다 빠르게 어디론가 가고 있다 발 없는 네르발, 말 없는 네르발이여! 내 심장에 푸른 투구꽃을 꽂아다오! (나는 도마에 칼을 꽂는다!)

흰올빼미와의 거리

오래전 내가 빌린 책
찢긴 책장
그 사이

황량한 해변의 화산암
정지비행의 새
흰올빼미의 날갯짓

그 책의 주인과는 연락이 끊어진 지 오래다
책을 돌려주지 않을
핑계를 생각할 때마다
나는 그 희고 보드라운 날갯죽지에 파묻혀
막다른 눈의 대평원에 누워 있다

너와 나의 캐러밴
침묵의 포옹

뜨겁게 혀를 달구던
묘지에서의 키스

사향을 도려낸
사향노루의 배꼽

꽃사슴 박제가 놓여 있던
내 오래된 피아노를 치면
꽃사슴 우는 소리가 들렸지

지하철 스크린 도어가 열린다
흰올빼미의 동공으로 미끄러져
유전처럼 왈칵,
검게 솟구칠 수 있다면!

오래전 내가 빌린 책
나의 캐러밴
빌린 책으로 얼굴을 덮는다
활자 너머
시선에
얼굴을 벤다

우리가 보지 못한 그날
깨진 시간의 젖빛날
만져지지 않는 시간의 맥박

그 책의 주인과는 연락이 끊어진 지 오래다
책을 돌려주지 않을
핑계를 생각할 때마다
나는 그 희고 보드라운 날갯죽지에 파묻혀
막다른 눈의 대평원에 누워 있다

한밤의 포클레인

술, 술, 술 한 잔 마셨을 뿐인데, 율법을 어겼으니 볼기짝을 대라네. 여, 여, 여자가 술을 마시면 안 된다는 이슬람 율법을 어겼으니 엉덩이를 까라네 말, 말, 말도 안 되는 말레이시아 법, 법, 법 너 같으면 맨 정신에 엉덩이 까고 맞을수 있겠니? 말레이시안 이주노동자 비비안 카, 휴가차 고향 친구들과 한복 입고 경복궁 관광, 지쳐 텔레비전만 보다 나온 맥줏집, 자정, 광화문 사거리, 술 취해 택시 잡는 취객들, 피맛골에 들어선 재건축 잔해들, 광장 스케이트장을 갈아엎은 포클레인이 집행자의 눈으로 발가벗겨진 밤을 내리깔고 있었다.

스피팅코브라*식 독설

나는 스피팅코브라식 독설로 살아남았다
얼마 전 목 잘린 코브라가
요리사를 물어 죽인 사건이 있었다
잘린 목으로
독을 날리고
뜬눈으로 죽었다

글라디올러스 하얀 목구멍이 짙은 향을 뿜어낸다
목구멍 속 꺾인 하얀 목구멍
달을 향한 살기

독설이 끓어오른다
목덜미에, 뒷통수에, 정맥혈에,
둔덕에, 배알에, 허벅지에
잇몸에, 겨드랑이에, 항문에
통증이 지나간 자리마다
다시 독이 차오른다
골수까지 독이 차오른다
눈알이 튀어나온다

혀를 빼어 문
목 잘린 글라디올러스 향기
고양이미라 울음소리

나는 뜬눈으로 죽지 않겠다
나는 뜬눈으로 죽을 것이다

* 접근하는 동물의 눈에 독을 뿜는 코브라.

이빨이 서른두 개였을 때

이빨이 서른두 개였을 때
나의 선언은
석고와 라텍스의 완전한 규범

끓어오르는 쓸개의 밤
어금니를 악 문
내 이빨들의 번개와 긴장된 초연

이빨이 서른두 개였을 때
나의 목젖은
너라는 젊은 대양에 눕는
회리바람꽃 첫 꽃술
능욕과 식욕의 심해 은상어

그러나 지금
썩은 내가 진동하는 입으로
송곳니가 있던 그 자리
목구멍에 피를 삼키며
트라이아스기 두 발로 누비던

도살자 악어의 이빨로!
괴혈의 잇몸으로!
어금니 악 물고 웃는다, 딱딱!

거북목

아침 식탁
360일 거북목에 목디스크인 그가
수저를 탁!
목을 길게 빼고
나를 노려본다
내가 늙고 병들면 그때는 나를 버려!
오른팔로
왼팔을 주무르다
웃는지
우는지
짓눌린 표정으로
내가 늙고 병들면 그때는 나를 버려!
구조조정이 한창이고
2주 전 건강 검진에서
위 용종을 떼어 낸 그가
아침 식탁,
봉인된 조직 검사 결과지 앞에서
해독주스를 탁!
탁! 탁! 탁! 탁! 탁!

내가 늙고 병들면 그때는 나를 버려!
이마에 뾰루지가 난
가장 못생긴
히스테릭한 얼굴로
목을 길게 빼서
나를 노려본다
내가 늙고 병들면 그때는 나를 버려!
버티다 버티다 발버둥 쳐도 안 되면
그때는 나를 버려!
나를 버려!
목을 길게 빼서
창밖을 바라보다
나를 째려본다

아니, 이 남자가 누구지?

물기 어린 말

엄마, 나는 물이 되고 싶어
다섯 살 난 너의 아침에 핀
노랑 수선화
그 말은 참 아득한
물기 어린 말

물이 된다는 것
너는 이미 물이라는 것

얇고 투명한 막에 쌓인
너라는 아이가
황사의 하늘로
뿌연 이 아침
노랑 수선화 곁에서
투명하게 웃는다
너의 망아지 같은 웃음에
내 몸 속 버석이던
모래가 씻기고
나는 다시 생기롭다

물이 돈다

물이 된다는 것
나도 이미 물이라는 것

백야 버스

호스피스 병동
독거노인의 독방
유리창을 긁는 노을
인생의 마지막 대합실
받아들여라
내려놓으라 하지만
한쪽 남은 젖가슴
통증 패치
힘없이 꺼진 뱃가죽
자꾸만 내려오는 눈꺼풀
받아들일 수도
내려놓을 수도 없는
고통의 막다른 곳
반쯤 감긴 눈
욕창방지용 공기 매트에 누워
푸른 들판, 사과나무, 흙냄새
푸르스름하게 부은
바늘 들어갈 곳 없는 손등을 바라보네
가래를 뱉고

소변줄을 빼고
가막살나무
가막살나무
앙상한 발을
침대에서 끌어내리네
하얀 새 신발을 신고
하얀 새옷으로 갈아입고
그녀는 혼자 백야 버스에 올라타네
유리창에 기대어
먼 산 내리는
어둠을 바라보네
모든 게 희미해져 가네
푸른 들판, 사과나무, 흙냄새
해가 지네
눈을 감네
백야 버스가 떠나네

네펜테스

네, 네, 네 알겠습니다
네, 네, 네 그렇게 하겠습니다
남자는 전화를 끊고
짧은 침묵
선 채로 귀두를
세면대에 걸치고
물을 튼다
짧은 뒷물

베란다 네펜테스
주린 금관악기의 목구멍,
부둥켜안은 하루살이들
자신의 즙으로 녹인 어둠이
골수의 시간을 마신다

나를 삼켜 네펜테스
나를 녹여 네펜테스
네펜테스, 네펜테스, 네펜테스
내가 녹아 사라질 때까지

나를, 나를, 나를
아니,
차라리
너를!

뿔잔

너는 뿔
나는 잔
뼈이자 뿔이었던 잔
우리는 마신다
서로를 들이받던
뿔을 치켜들고

그 깊은 칠흑의
불꽃을 뚫고
그가 내 몸에 잠길 때
내 귀를 빠져나가는 검은바람까마귀 울음소리

난파선의 검은 뻘 속
결코 발굴되지 못할
검푸르게 휘어진
단 하나의 울음소리

이 울음은 도대체 어디에서 왔을까?
내 가슴에서 자라나

그의 심장에서 융기한 뿔의 히말라야
서서히 닳아지는 테두리
뾰족한 깊이의 독배
해저 폭풍에 뒤집혀
비티아즈 해연에 박힌
뼈이자
뿔이었던 잔

그 지독한 울음소리가 혈관을 뒤흔든다
그의 뼈들은
나의 혓바닥
허리에
푸른재로 빚은 유골들의 가루를 빻는다
청동빛 절규

칠흑의 울음이
나의 뼈 속 물길을 낸다
아득한 절벽
낭떠러지의 파도

그 파도 속에서 나는
산홋빛 포박
푸른 재의 유약이 발린
뿔과 잔의 뼈아픈 결혼

그가 유적지에서 돌아온 밤
내 혈관에 떠도는 검은바람까마귀 울음소리
뿔잔은
지금 내 앞에 있고
아귀찜과 서울막걸리 사이
나는 다시
텅 빈
뿔잔이 된다

망상 해수욕장

나는 망상한다
너도 망상을 하지?
너와 나 망상 해수욕장에 앉아
치맥을 기다린다
암막의 굴레
침묵의 포옹
변죽이 끓어오른다
자장을 시킬걸 그랬나?
펄럭이는 텐트에 앉아
우리는 서로를 망망대해에 누이고
스마트폰 잠금장치를 푼다
보이지 않는 이중 자막
치맥은 오지 않고
쓰레기가 굴러온다
독수리 연이 날아오른다
가오리 연과 얽힌다
파도가 부서진다

아이가 보이지 않는다

망망대해
내달리며 허물어지는
파도의 물거품을 딛고
아이를 찾아
달린다
달리다 스러진다
온몸으로 파도를 맞는다
파도에 쓸려
저 아이가 내 아인가?
저 남자는?
나는 나인가?
젖은 영혼을 납덩이처럼 지고
조금씩 가라앉는다
깊이
더 깊이
검퍼런
심해에
내 혀가 닿을 때까지

철커덕!

철가방이 온다

산세베리아

다 늦도록
베란다에 걸터앉아
흙에 파묻혀 죽음과 싸우는 한 여자 이야기를 읽는다
고속철도가 지나가는 신시가지
텅 빈 콘크리트 구조물
쇠를 긁는 바람 소리
불꺼진 창
서서히 희미해져 가는
고속열차 굉음
이글거리는
진동청,
침묵,
텅 빈 침묵의 발포소리

눈을 감으면
굉음의
750광년 떨어진 그곳,
먼지구름 뒤덮인 성간 사이
암흑의 가장자리에서

새로 태어난 별

마지막 별까지 희미해져

온 우주가 사멸의 궤도를 긋기까지

또다시

굉음,

진동청,

침묵,

텅 빈 침묵의 발포소리

다 늦도록

베란다에 걸터앉아

흙에 파묻혀 죽음과 싸우는 한 여자 이야기를 읽는다

너구리 한 마리

한밤중에 너구리를 끓인다 순한 맛, 인스턴트 너구리, 30억 년 전 포식이 곧 번식이었던 박테리아를 생각한다 너구리 포식자, 물이 끓는다 끓어오른다, 너구리를 먹는다, 서로의 내부를 향해 물의 서식지를 넓혀 지독히 스미는 것, 밤의 정충들이 시간의 세포벽을 찢으러 물에서 물로 출렁일 때

너구리 한 마리 담장을 넘는다

산에서 돌아온 아버지는 친구들과 밤늦도록 너구리를 들통에 삶았다 집 안 가득 구수한 누린내가 뭉글뭉글 수증기를 몰고 다녔고, 어린 동생과 나는 콩팥을 얻어 마당에 나와 달빛 아래서 사이좋게 잘라 서로의 입에 털어 넣었다 훅, 위장까지 끼쳐 오는 누리고 꼬득한 육질, 너구리가 내 입속에 오줌을 싸고 달아난 것 같아, 그날 밤 내가 삼킨 너구리에 대해 두 번 다시 입에 올리지 않았지만

너구리 한 마리 담장을 넘는다

세상의 악취를 다 삼킨 공중화장실 정화조가 된 기분이 드는 밤이면 너구리를 삶는다 몸속에 살던 박테리아, 곰팡이, 원생동물의 흔적들로부터 무관한, 무해하고 순한 인스턴트 너구리, 폭풍우의 밤 덤불 속에서 개구멍에 배를 깔고 눈을 번쩍이던 너구리 한 마리, 그때 내 종아리를 할퀴고 지나간 것은 들쥐였을까? 노랑갈퀴의 갈퀴였을까?

칸나

그가 사라졌다
기획부동산에 전재산을 날리고
지하철에서 호신봉을 팔다
그 도시에서 사라졌다

분노는 모두 칼이 된다
깨진 거울
반사된
칼의 눈빛
칼에 새겨진 그의 피
칼에 새겨진 그의 목소리
불볕 아래,
칸나가 혀를 빼고 있는
폐가에서
청산가리를 마시고
그의 입은 이제 말할 수 없는
모든 것을 쏟아 낸다
그의 그림자 속으로
칸나가 긴 혀를 찔러 넣는다

그가 사라졌다
번뜩이는 칼이
아직 칸나 그림자에
꽂혀 있다

철가면을 쓴 해마

광저우에는
인터넷 중독을 치료하는 병원이 있다지
얼굴에 철판을 깔고
나노미터파 전기 자극 기계에
머리를 쑤셔 넣고
치료를 받으며
병든 뇌의 해마를 깨우지

용접공이 유리 가면을 쓰고
불꽃을 위로하는 시선
미용실에 앉아
묵언수행
마음을 탈색하는 자세로

세 평짜리 서로의 영역에서
불-안 한 채
독을 뿜어 다른 개체를 밀어내는 식물의 알렐로파시
먹이사슬과 원한
인터넷 게임에 투신했던

중독의 사슬에서 벗어나

물 밖으로 튀어나온 물고기가
물의 변신술을 이해하고
바위 뒤에서
겨울 폭풍을 피해 깊은 바다로 이동하는
철갑상어의 철갑에 대해

중독이라면
중독에 대해서라면
자해 사전을 덮고
자기 비난을 거두고
얼굴에 철판을 간
이중 부정 요양원
청동과 무쇠의 수면을 뚫고
해마여 깨어나라!

0시의 북쪽

0시, 새들의 북쪽, 블루 모스크에 도착하자 눈이 내렸
다 시끄러운 코란 소리 울려 퍼지던 그날 새벽, 내가 무작
정 차를 타고 카파도키아, 카파도키아, 가쁜 숨을 몰아 쉬
며 잿빛 응회암 기둥 치솟은 동굴 수도원, 불붙은 듯 터진
꽃나무, 그 붉은 적막 속에서 일제히 퍼덕이던 새 떼, 그때
유리창을 때리던, 뒷통수를 후려치던, 그 분절된 독백

카파도키아, 카파도키아 우리는 구겨진 하얀 시트 위에
서 천공의 성을 쌓고 허물며 사랑을 나누었지 훤히 번진
낮달의 비명, 그건 분명 귀를 향한 테러였지 새 떼가 일제
히 유리창에 머리통을 박고 활활 타오르는 불기둥, 나는 불
나무라 불렀고, 너는 새가 초조하게 달려드는 것은 밤이
아니기 때문이라 했지

그것은 수백만 년 이어 온 새들의 본능, 가장 무감각한
새만이 살아남아 미지의 해안에 도달한다고 누가 말했던
가!* 카파도키아, 카파도키아 햇살 속에서 오래 뒹굴던 사
람, 뒹굴다 일어나 아픈 내 머리를 감겨 주던 사람, 우리는
서로의 뒷통수를 후려치던 각자의 섬광 속에 버려진 채 카

파도키아, 카파도키아 잠시 몸을 떠는 새였는지 몰라

* 레베카 호른의 작가 노트에서 인용하였다.

3부

아틀란티스 연인

그해 여름,
산토리니 섬에 갔다
이아 마을 골목 끝
부르튼 발로 들어선
석양의 하얀 테라스
지중해 태양에 그슬린 얼굴을 감싸고
파란 나무의자와 낡은 타자기를 지나
하얀 계단을
내려가고
내려가면
젊은이들의 아지트
아틀란티스 서점이 있지
서점 구석
침낭을 베고 끌어안은
젊은 연인의 단잠 아래로
아무도 닿지 못한
사라진 대륙
청춘의 해골들이 못다 읽은
해저의 서재가 펼쳐지지

하얀 계단을
내려가고
내려가면
바닥 없이
가라앉는
바다 밑의 서재
그 어딘가
엎드린 넙치의 책과
무한히 뻗어 가는
나선형 앵무조개의 페이지
한 가닥 붉게 튀어나온 사슴뿔 산호의
뿔과 뿔 사이
아직 쓰지 못한
내 수치의 묘와
비참의 관
해초의 푸른 머리칼 속에서 흐느낄 때
어디선가 들려오는
흰수염고래 울음소리
관조개 웅장한 파이프오르간 소리

뜨겁게 수장된

청춘의 해골 연인

사라진 아틀란티스 대륙의 언어로 속삭이던

사랑 노래가

파도에 밀려와

내 귓가에서 하얗게 부서지던

푸른 산토리니의 저녁

검은 맘바

1

신당역 10번 출구 파충류 전시관, 불 켜진 유리벽, 맘바, 검은 맘바, 어느 밤, 짐승처럼 고함치던 내 울분 앞에서 겁 먹은 아이가 외쳤지 언젠가 엄마를 잡아먹고 말테야! 눈이 마주치자 그에게 외친다! 맘바! 어서 나를 삼켜 다오! 아이의 손을 놓고 그 축축하게 조여드는 컴컴한 목구멍에 내가 거꾸로 처박히는 상상!

내 심장의 쇠붙이들이 녹슨 채 그의 내장을 할퀸다, 내 싫증 난 자리, 비밀들, 창자에 스민다, 폐선, 침몰하는 나의 데스마스크, 언젠가 내 몸을 뚫고 심해의 검은 꽃, 타르의 백합처럼 피어나던 빛의 다발들, 다시는 돌아갈 수 없는 젖은 머리카락, 목에 탯줄을 감고, 우두커니, 산도에 머리를 처박는 아기의 공허, 다만, 알 수 없이, 뼈 마디마디 죄어드는 고통에 몸을 떨며, 왜 내 몸은 처녀인 채 조여드는 뼈들의 터널을 뚫고, 그의 몸속에 다시 던져지는가!

2

    전시관 유리벽, 아이가 목에 보아뱀을 두르고 나를 부른
다 형광등 불빛 텅 빈 시선이 그의 몸속에서 나를 겨우 끌
어내어, 지글거리는 빛의 실타래를 풀기 시작한다

뇌간

나의 뇌간에 검은 새장이 있다
검은 새가 울면
붉게 옻칠한 관이 아열대 꽃 냄새를 몰고 온다
병풍 뒤에 홀로 작게 누워 있는 내 수의
잿빛 머리카락 낯선 냄새
검은 내장의 식욕,
온시디움
심비디움
모카라
새의 성기를 닮은 꽃을 바라본다
나에게도 배꼽이 있었다
검은, 새장, 망각
검은 틈새와 검은 주름, 검은 수태의 밤
바라보던 것을 바라본다
검은 내장을 먹고 누운 나의 관이 열리고
바람이 분다
온시디움
심비디움
모카라

새의 성기를 닮은 꽃이 흔들린다
차갑게 어둠을 긁는 족제비 울음소리
온시디움
심비디움
모카라
아열대 꽃 냄새
살모사 농장 톱밥 냄새
검은 내장을 먹고 누운 나의 검은 새장이 있다
나의 검은 뇌간에
검독수리를 탄 소년이 날아와 어둠을 긁는다
나에게도 배꼽이 있었다

지상의 젖가슴

젖가슴, 지상의 젖가슴! 아이들이 파고들어 내꺼, 내꺼 서로 물고 빨던, 젖몸살에 팅팅 불어 밤새, 태아 성운 너머 젖물을 뿜어 대던 양배추 요람, 아이들이 먹고 눕고 잠자 던, 영원히 피지 않는 멍울진 목련꽃봉오리 전족

젖가슴, 젖가슴, 복숭앗빛 젖가슴, 혀끝으로 쓸어 올리 면, 물러진 복숭아 향기, 내 자궁의 실버들에 숭어 떼가 튀 어올랐지! 푸른 물결이 부서져 만든 흰 물방울들의 다이아 몬드, 젖가슴 속 검은 폭발, 발기한 젖가슴의 추락사

젖가슴, 내 늘어진 뱃살의 추, 불혹에 박힌 운석, 내가 쌓아올린 울혈들의 함대와 멍울진 가슴앓이의 화석, 내 젖 가슴의 미래, 함박눈 내리는 오후, 하얀 머리를 털며 들어 선 종합 병원 대기실, 쉬 해빙되지 않던, 지친 돌자궁을 가 만히 쓸어 주던 내 젖가슴의 나이테

누가 내 젖줄을 당겨 다시 배꼽이 간질거리는 밤이 올 것인가! 독을 뿜는 광대버섯, 자줏빛 이빨, 내 젖가슴의 역 사와 그 불투명의 비밀한 촉, 사향과 침향의 수의를 입고

들어갈 그 아득한 빛의 골짜기

달항아리

우리는 되어 간다
하나의 투명한 점에서
흙빛 점으로
점점 부풀어 올라 휘어지는
어둠의 뼈
달의 음경
그리하여 점점 차오르는
은빛 시간의 태항아리

흑유(黑釉)의 밤
흘러내리는 초유(初乳)의 석상
달빛 따라 도는
태아의 둥근 등뼈
백토의 분만
젖내음
부둥켜 안은 잠
그 종말과 시초

손끝에 쓸리는 백토의 살결

부풀어 오르는 흙과

그늘진 젖빛 하늘

그 투명한 교접의 달항아리

달빛의 맥박

손끝으로 쓸어내리면

쇄골을 지나 빗장뼈

숨 막히는 골짜기,

백합의 속살을 어루만지는

달빛의 해감

숨이 멎도록 풍만한

흰빛,

백색 소음

흘러내리는 젖물

아가의 첫 흡월

화석이 된 이름 트리옵스

신비한 트리옵스
아이가 생일 선물로 받은
애완용 새우 기르기
밤새 스탠드로 수조를 비추자
알에서 트리옵스가 부화되어 움직였다
트리옵스

그리스어로
세 개의 눈
투명하게 반짝이는
트리옵스

그토록 오래 살아남아
화석이 된 이름
트리옵스
하루밤 새 깨어나
살아 있다
점
점점이 반짝인다

반짝이며 움직이는 트리옵스

바다의 통증

세상의 젖은 한 방울의 바다에서 시작되었다
초경 첫날의 물살
첫 풍랑
그 한복판의 심장
5킬로그램 납덩이를 허리에 두르고 겨울 바다를 가른다
열두 살,
바다에 온전히 첫 몸을 열었던 소녀
죄어오는 젖의 꽃술
바닷속에서만 피어나는
파도의 멍울
그 뻐끈한 통증
늙은 머구리의 잠수복
죄어오는 심장
물질로 해진
물귀신의 신발
공허의 검은 관
그녀가 밤낮 더듬어 온 빗해파리 거웃과 붉은 성게 숲
관조개 젖꼭지를 손끝으로 쓸면
산호초가 붉게 붉게 피어올랐지

세상의 젖은 한방울의 바다에서 시작되었다
잠수복 시린 고무 속 떵떵하게 차오르던 젖물
뇌를 짓누르는 참아 온 숨과
콧구멍에 들이차는 바닷물 족쇄
보이지 않는 바다의 소용돌이,
나는 본다
제주 중문 해수욕장
먹구름 아래,
꽉 낀 잠수복을 열어젖히고
소주에 돌문어를 썰어 내는 바위 행상
늙은 수부의 짜디짠 젖가슴을

비단무늬그물뱀

비단무늬그물뱀 구름
쏟아지는 라일락 향기
나의 침대에 드리운다
부풀어 오르는 살갗
나란히 누운 구름과
내 몸을 관통하는
비단무늬그림자

타클라마칸

다시는 돌아올 수 없으리
타클라마칸

마지막 탐험가
스벤 헤딘
그가 눈을 떴을 때
모래바람 속에서
여러 갈래의 바퀴 자국을 볼 수 있었다
아무도 밟지 않은 사막의 처녀지
모래 울음소리를 따라
사막의 내부로 들어갔다

사막은 처참했다
끝이 보이지 않았다
그가 발굴해야 할 마지막 유적을 찾아
자신의 뼈단지를 가슴에 품고
홀로 걸어간 사막
모래바람 속 뼈 울음
접신한 해골들

허공 가득 울리는 뼈 울음소리

다시는 돌아올 수 없으리
타클라마칸

그가 만진 뼈와 재
빗장을 건 검은 돌의 기억들
모래 폭풍 속
지층 모든 뼈마디 냄새
허공 가득 울리는 뼈 울음소리

다시는 돌아올 수 없으리
타클라마칸

검은 모래 신발들이
달빛 낙타를 타고 와
모래 폭풍을 뚫고
밤의 능선을 넘는다
낯선 해골들이 군무를 추며 다가온다

폭풍은 사막 깊숙이
별의 유형지를 만들고
바람의 청동칼이 그의 눈동자를 긋는다

다시는, 다시는 돌아올 수 없으리
타클라마칸

시간의 잔무늬 거울

너의 그 꿰맨 자리, 깨진 두개골, 재갈을 문 쇠칼, 파헤쳐진 무덤, 너는 이미 그곳에 도달했는지 모른다 우리가 알 수 없는 그곳, 투명한 시간의 잔무늬 거울 속으로

지난 겨울, 네가 수술대에 누워 두개골을 열어 놓고, 긴 긴 잠에 빠져 있을 때, 너는 차가운 자작나무숲, 네가 누울 자리 얼어 버린 흙에 얼굴을 부비고 반듯이 눕는다 흙이 너를 떠받치고, 눈발이 흩날린다 고단했던 너의 살가죽 주름은 물결치는 시간의 잔상 속에서 눈보라치다 잔잔해진다

그 뚱뚱한 의사가 전화를 받고 담배를 피우러 나간 사이 두개골의 붕괴, 도괴, 함몰, 시시각각 바뀌는 운명의 좌초, 지시할 수도, 머리를 긁적일 수도, 담뱃불로 지질 수도 없는 손가락이 맥없이, 맥아리 없이 툭,

한밤중 뇌의 급류에서 외상증후군처럼 튀어오르는, 영혼이 도굴된 왕릉의 파헤쳐진 운명, 너의 그 머릿속 하룻밤의 월식과 일식

빛도 들지 않는 중환자실, 목에 관을 꽂고 허공을 향해 헤벌어진 입, 움찔거림도 없는 네 안면 근육, 엷은 송장 냄새에 나는 그만 두려워져 나의 눈빛은 너의 몸 어두운 구석들을 찬찬히 닦아 낸다, 어둠 속 낯선 통로

텅 빈 침실
흰 벽
빛의 잔물결 무늬
고요해진 두개골

카나리아 호날두

날아간다, 황금빛 새장 밖, 유리창, 옆집 붉은 지붕,
쫓는다, 철제 난간, 회색 담, 뜰채를 들고, 숨죽이며
청계천에서 사온
축구선수 호날두 헤어스타일
곱슬카나리아 파리지엔 종 그 이름 호날두
호날두, 나의 호날두
숨을 멈추고, 손을 뻗는다, 다가간다,
숨죽인다, 멈칫거린다, 재빨리 낚아챈다

오렌지빛 깃털의 보드라운 열기, 그 도근거림
뜨거운 나의 귓불에 새의 심장을 살포시 갖다 댄다
팔딱이는 심장, 날뛰는 호날두의 피가
내 혈관 속으로 빠르게 흐른다
흘러들어 온다
날카로운 발톱, 빳빳한 갈퀴의 힘이
내 발끝에 저려 온다
찌릿하게
호날두, 호날두, 나의 호날두!
가쁜 숨을 몰아쉬며

뺨에 부빈다

순간, 미끄러지듯 내 손을 빠져나가 멀어진다
포르르, 포르르
분수의 물길처럼 솟구쳐
지붕 위로
하늘로
태양 속으로
오렌지빛 점으로,
햇살의 금실을 마구 휘저으며
포르르, 포르르, 포르르르
하나의 점으로
사라진다
점 점 점
점 점
점
점
점
점

점

점

점

점

.

로드킬 2

혀를 내밀어 내리는 눈을 핥는다. 혀에 닿으면 파닥이는 물고기, 얼음의 각질, 크리스마스 아침, 1년에 한 번 교회에 가기 위해 구두를 닦고 대문을 나서는 그런 날, 차에 부딪쳐 나뒹굴어진 피자 배달 오토바이, 비현실적인 붉은 피가 눈길에 뿌려진다. 울부짖는 신음 소리, 몰려들어 웅성대는 사람들, 소년의 몸에 경련이 시작된다.

눈길을 뚫고 달려온 119 구급차, 오토바이가 들어 올려지고 쇼크 상태의 소년은 들것에 실려 차에 오른다. 담요에 감싸인 꺾인 다리, 성장판이 채 닫혔을까. 소년을 배웅하던 어머니, 붉은 전등 아래 고기를 썰던 차가운 손, 거죽에 도는 희미한 광택, 짧게 자른 손톱 아래 아무렇게나 붙어 있는 검은 지층의 흔적

혀 끝에 닿기도 전에 녹아내리는 눈, 피와 흙이 뒤섞여 질척이는 거리, 구급차가 떠난 자리에 팔짱을 낀 채 남아 있는 사람들, 얼음보다 낮은 체온의 얼음 물고기, 얼굴에 차가운 비늘이 쏟아진다. 차갑게 더 차갑게 투명한 피, 하얀 아가미의 얼음 물고기가 회색 하늘에 퍼덕이며 떨어진다.

튀튀*

튀튀
나의 초연은

날지 못하는 앵무새
카카포

가장 뚱뚱한 앵무새
카카포

튀튀
토슈즈의 발끝이
근육을 뽑아 올린다

튀튀
단 한 번 날아오른다

유리 맥박의 바람
하얀 불꽃의 소용돌이

턴

　　턴

　　턴

거울 속 튀튀

마루 위 퉤퉤

* 발레리나가 입는 발레스커트.

코스모노트 호텔

그대가 내 몸을 파고들면 핏바이퍼 독사 열감지 구멍처럼 나는 왜 이리도 노골적인가 마려운 것들이 퍽 터질 것 같은 모란, 모란시장에서 고양이를 고르던 그날, 버려진 고양이처럼 마렵고도 마려워 나의 노골은 벽을 찍어 구두를 벗어던지고 위트도 유머도 없이 난폭하게 오로지 스무 시간을 내달리다 자동귀환궤도로 접어들 때, 처음으로 나는 나의 행성을 이해한다고 생각했지

뉴런의 신경망 밖으로 펼쳐진 다른 세계로 70만분의 1초씩 느리게 자전을 시작하면 나는 번지 트램폴린 끝에 매달린 소녀의 발기된 복근, 검은 고양이 흰 고양이, 얼룩고양이의 밤을 지나 열락의 턱을 끌어당겨 마지막 키스를 퍼붓지 막 털갈이를 마친 내 세포는 어제의 것이 아니야 폭포에서 뛰어내린 익스트림 카야커, 먼 은하의 운석이 충돌하고 하룻밤 사이에 바닥을 드러낸 까세 빙하 호수

얼어붙었던 내 몸은 숨 막히는 그대 손길에 녹아내려 진피까지 다시 물이 돈다 욕조에 누워 눈을 감자 수만 마리 황금가오리 떼, 내 영혼은 사해에 몸을 풀고 돌아와 젖

은 머리카락을 말리지 눈을 피하지 마! 처음으로 내가 나의 행성을 떠난 날, 반쪽눈썹으로 구두를 고쳐 신고 방을 나서면, 마려운 것들이 퍽 터질 것 같은 모란, 모란시장 횟집 수족관 팔리지 않는 통통 불은 개불처럼 다시는 바다로 돌아갈 수 없는 대기자로, 우주고아로 또 어디론가 떠밀려 가야 하는 것일까

주홍빛 손가락

나는 알고 있지, 주홍빛 손가락, 그의 뇌수에서 계속 달아나는 손가락, 아직도 그의 심장에서 자라나는 손가락, 그날 밤, 송곳처럼 날카로운 그 손톱이 주머니를 뚫고 나가 한 일을 나는 알고 있지 밤은 점점 부풀어 열쇠 구멍 밖의 비밀한 모든 것을 덮는다 심장의 우레, 핏빛 얼룩, 번쩍이는 금반지, 깍지 낀 채 잠든, 검푸르게 변해 가는 손가락의 신부, 그는 배낭에서 삽을 꺼내 대지의 빈 화분에 손가락을 심는다 그의 입술을 쓸어 주던 손가락, 이마를 짚어 주던 손가락, 나란히 포개어지던 손가락, 주홍빛 손가락, 암매장의 신부여! 그는 마지막으로 흙을 밤의 눈동자에 끼얹고 맨발로 꼭꼭 밟는다 물을 주고 돌아서 담배에 불을 붙인다 밤은, 그리고 잃어버린 손목의 주인에 대해 굳게 입을 닫는다 손가락, 주홍빛 손가락

그 여름 나의 박제 정원

그 여름, 빗소리, 다가갈 수 없는 소음으로 뒤엉킨 밤, 알몸으로 뒹굴던 그들의 교성, 내 입술에 피가 맺히고, 알 품던 새들이 푸드득 날뛰고, 새의 지뢰와 그들의 외상증후군, 어두워지는 나뭇잎들 사이에서 스스로를 부수며 붉어지는 제라늄, 온 힘을 다해 활짝 젖혀진 꽃잎들, 터진 꽃술, 죽은 새의 깃털이 열렸다 다시 오므라지던 그 사이, 퇴화된 문조의 성기를 떨리는 목젖으로 바라보던 나는, 어두워지는 제라늄 꽃잎 사이에 얼굴을 묻고, 차고 비린 밤의 음부에서 오래 흐느꼈지, 다시는 돌아갈 수 없는 그 밤, 그 여름 나의 박제 정원

경(經)을 태우듯 갱을 빠져 나와

화산불 속에서, 지옥불 속에서 유황 캐는, 카와 이젠 화산의 광부여! 경을 태우듯 갱을 빠져 나와, 이 밤, 얼어붙은 맨틀, 내 마음의 빙하기에, 나와 더불어 이젠, 이젠, 카와 이젠 화산의 유황 캐는 광부여! 불의 칠검으로 나를 후려쳐 주오! 46억 년 전 만들어진 얼음의 피, 그 얼음 감옥에 갇혀 말 못 하는 밤에, 노래하지 못하는 밤에, 울부짖지 못하는 밤에, 화산 속 유황불에서의 최후, 그의 고독사!

내 방은 잠과 시체보관소 사이 수술대, 쇄빙선이 할퀸 자리, 배를 끌며, 바위를 뚫는 힘으로 내 살과 뼈를 찢는다 펜으로, 펜촉으로, 끝없이 내 몸의 얼음을 깨고 얼어붙은 심장, 장골 속으로, 골수 속으로 끓어오르는 피와 살의 갱도, 나와 더불어 이젠, 이젠, 카와 이젠의 유황 캐는 광부여! 불의 칠검으로 내 심장을 찔러 주오!

빙붕, 내 안의 거대한 얼음산이 푹푹 녹아내리기 시작했지 거대한 얼음, 수천 미터의 위협적인 얼음이 나의 해안으로 밀려와 외뿔고래 한 마리 쓸려온 그날, 이젠, 이젠, 카와 이젠의 유황 캐는 광부여! 이젠 말해 주오! 내가 보는 빛은 과거의 빛, 빛을 등진 빛의 막다른 그늘, 눈, 눈이 다져진 얼음, 그 얼음이 모두 녹아내릴 때, 얼음관에서의 나의 최후, 나의 고독사!

맨드라미

목 잘린 닭이 피를 뿜으며
뒤뚱거리고 달아나다
맨드라미 밭에 울컥 피를 쏟는다
세 발 달린 금까마귀가
피를 뚝뚝 흘리며
은하수에 그의 오랜 울혈을 풀어내고 있었다

인왕산에서

1 유리앵무

아직도 나는 하고 싶어. 결석과 암석의 돌팔매질, 당신들의 흘러넘치는 속물과 겉물의 아밀라아제, 유리앵무 망막 너머에 맺힌 저것, 누구를 향한 집중사격인지 저것 봐. 눈, 저 지독하게 풀린 거대한 동공. 북극, 툰드라, 시베리아에서부터 너만을 겨냥하고 몰아온 눈과 눈, 바람과 바람. 그 긴 항로가 조준을 마치고 집중 사격하는 이곳, 하늘을 향해 입을 벌리고 그들의 사격을 온몸으로 받아 내고 있어. 이 거세고 대담한 눈발 속에서 아직도 나는 하고 싶어.

2 올빼미

반백의 올빼미, 본능적인 불안과 위엄을 감춘 인왕산 바위가 불타다 만 고목의 잔해처럼 나를 내려다보고 있어. 폭설이, 침엽수와 침엽수, 바위와 바위 사이를 차갑고 부드럽게 채워 주고 있었지. 옛 성곽을 따라 육중한 바위산을 뒤덮은 눈발은 점점 거세져 내가 구름의 시야에서 눈을 이해하는 날도 있구나.

3 사슴뿔

천적들, 성곽길 옆 방목된 사슴들 카메라 렌즈 속에 갇혀 있다 사슴의 첫 뿔이 나뭇가지로 보일 때까지 부드러운 벨벳에 쌓인 뿔과 뿔이 1년에 한 번, 봄이면 뿔갈이를 하고 날카로운 첫 뿔에 켜켜이 눈이 쌓이면 시간의 협곡, 오직 너만을 노리는 우거진 뿔이 있지.

4 수리부엉이

눈이 그치고 모든 장엄들이 시시해져, 폭설에 마을로 내려와 먹잇감을 노리는 수리부엉이, 전신주 위 고개를 묻은 채 대낮부터 움직임조차 없는 그 새는, 밤을 기다리는지, 무엇을 노리고 전신주 위에서 오래 같은 자세인지 알 길이 없네. 고개를 묻은 저격수의 눈, 무엇을 향한 조준인지, 절

박인지, 맹목인지 그 눈의 깊이를 알 길이 없고 내 마음도
알 길이 없네.

　그래도, 아직 나는 하고 싶어!

4부

모래의 시 1
— 돈황

빛이 사라지면
모래는 텅 빈
사막의 현을 켜리라
빛은 다른 곳에서
모래를 깨우고
태양의 기둥을 세우리라
그리고 구름들이 모이고 짙어져
오아시스의 마른 강
벼락 맞은 나무가 바위가 되고
해안에 밀려온 얼음들이 다시 빙산이 되어
모래 속에 갇힌 공기가
내 입술에서
재의 말을 끌어낼 때

접신한 돌들이 거대한 석굴을 받치는 불탑이 되었지 약
지를 잘라 자신의 돌무덤에 칼을 꽂고 낙타로 배의 행렬을
따라 그들이 넘어온 돌무더기들

열리면서 닫히는

보이지 않는

모래의 머나먼 빛

사암 절벽 아래

비파 타는 여인의 푸른 손

그리고 다시 구름들이 모이고 짙어져

벼락 맞은 나무가 바위가 되고

해안에 밀려온 얼음들이 다시 빙산이 되어

돌 속에 갇힌 공기가

내 입술에서 재의 말을 끌어낼 때

사막의 달 아래

돌을 베는 바람

바람을 베는 모래

빛이 사라지면

모래는 텅 빈

사막의 현을 켜리라

모래의 시 2

── 모래톱

달을 썰어 푸른 늑대에게 던지니
눈동자에 흑운모가 박히고
밤새 모래톱을 핥는 푸른 늑대 울음

모래의 시 3
— 서귀포

서귀포 해변
나는 지금 검은 바위에 누워 있다
중섭이 한 평짜리 방에서 그리던 바다
은지화의 해변
살아서는 다시 만날 수 없었던
두 개의 절벽

그 바다에 나는 지금 누워 있다
바다의 이빨이 흰 물거품을 몰고 밀려온다
달빛 아래 뒤척이는
흰긴수염고래 울음 소리
물방울이 힘차게 튀어 올랐다
떨어진다
쓸려 나간 파도가
대양을 돌아
내 발 아래 널린 흰 뼈와 이빨들

살아서는 다시 만날 수 없었던
두 개의 절벽

그 심장의 울혈은
하얀 포말로 부서지고
나는 장님처럼 누워
검은 바위,
뜨거운 관자놀이에 가만히 귀를 대어 본다

나는 지금 해골처럼 검은 바위에 누워 있다

모래의 시 4
— 사막의 독트린

밤과 낮이 모두 검거나 흰, 그런 날들이었어 아군이 적
군이 되고 적군이 아군이 되어, 서로의 뒤통수에 보이지
않는 살상무기들, 흰 매가 사막 폭풍을 뚫고 지나갔어 사
흘 굶고 한 끼를 풀로 때우는 소년병들의 기아와 기근, 선
전포식자, 거대한 탐욕에 눈 먼 콜레스테롤 수치만 높이는
그들의 독, 독, 독트린 그러나 우리들의 내일은 크리스마스
휴전의 긴장과 이완, 마지막 담배를 피우고 다시 총을 겨
누는 아군과 적군의 카니발, 제물로 바쳐질 그대들의 작전
속에서 젖가슴 털 속에 가장 마지막에 웃을 수 있는 탄환
을 장착하기로 해, 흰 매를 타고 사막의 폭풍 속을 빠져나
오고 있었어 하늘은 텅 비고 모래바람이 눈동자를 할퀴고
이따금 불나무에서 불꽃이 솟구치고 있었지 태생부터 유
령인 유령들의 도시, 태생부터 말린 과일인 과일들의 빈소,
태생부터 아바타인 유리 장막 너머 그들의 세계에도 이발
관 그림 같은 태양이 뜨기 시작했어 너무 많은 태양, 서로
다른 주기를 가진 종족들이 서로를 감시하며, 뒤틀린 독,
독, 독틀린 독, 독, 독트린, 그 신선한 음모와 조작의 마트료
시카.

천둥새 아르젠타비스

폭풍의 밤
우렛소리
불벼락이 떨어지는 곳
세상은 암전,
아이들이 놀라 울음을 터뜨린다
계단 밑에서
초를 찾다가
어깨를 짓누르는 거대한 날개 그림자
지금은 없는 새
아르젠타비스를 생각한다

천둥새 아르젠타비스
시간의 갈퀴가
화석에 박힌 거대한 너의 날개를 끌어올린다
그 큰 날개가 솟구쳐 날아오른다
버팔로 목에 발톱을 꽂고
공중에서 아이를 낚아채던 사나운 발톱이
이 밤,
촛불 사이로 검은 그림자를 드리운다

시간의 터널이 거대한 너의 날개를 꺾고
불벼락이 네 발톱을 낚아챈다
너는 다시
비밀한 불길 속으로
시간의 정수리를 향해 그 큰 날개를 펼치겠지

천둥이 친다
천둥새가 운다
소스라치는 아이들 울음소리
나는 두 팔을 뻗어
아이들을 힘껏 끌어안는다

거대한 땅덩이가 쪼개지기 전
그들만의 항로를 따라
가장 시린 바다 한가운데
덜컥
날선 파도에 뇌관을 꽂는다

지금은 없는 새

아르젠타비스!

가면올빼미 우는 밤

세간도 다 풀지 못하고 이사 온 집 뜰에 빈 새장을 건다 혼자 변기에 앉아 오줌 누던 아기가 운다, 울면서 나를 부른다 검은 숲에서 새가 운다 만져지지 않는 새소리를 따라 숲을 헤맨 적 있었지 귀는 뒷산으로 열리고 변기 속 탁한 물에서 금붕어가 파닥인다 뚜껑 열린 락스병, 아이의 목구멍에 손가락을 넣고 등을 두드린다 쏟아지는 긴 새 울음소리, 밤의 응급실, 구급차에 실려 온 늙은 여자, 입가에 흘러내리는 거품, 파닥이는 파란 고무 슬리퍼, 의사는 위를 세척해야 한다고 하지만,

씻어 낸다고 다 걸러지는 건 아니지 매시간 천 톤의 바다를 거르는 심해 상어의 갈퀴 아가미, 오랜 눈물의 퇴적물이 수억 톤의 물에 녹아 있는 조간대 숲, 해초의 몸을 도는 물의 첫 기억까지도, 그러나 그들이 걸러 낸 것은 무엇인가! 하늘을 까맣게 뒤덮은 염전의 바닷새, 눈 밑 검은 졸음을 단 새 떼들이 짠내를 풍기며 지상의 형광등 불빛 아래서 껌뻑인다

물비린내가 몸을 감는 밤, 지독한 밤의 아가리가 안개를

삼킨다 안개의 포식자, 낮과 밤의 짐승들이 안개 속에서 이를 간다 어둠은 그대로 어둠일 뿐, 그러나 안개가 걸러 낸 것은 무엇인가! 산란기가 되면 폭발하는 암수한몸의 산호초, 안개의 밤이면 몸속 오랜 유전자 지도를 찢고 암수한몸의 내가 된다

지붕 위에서 잠자던 고양이는 어째서 돌아올 때도 그대로인가! 지붕을 두드리는 비는 어째서 공중을 향하는 지상의 발포 소리를 닮았는가! 안개를 통과한 자웅동체의 내가, 내 안의 남자와 여자를 불러내 지독한 목구멍 안에 갇혀 있던 안개 목소리로 가면올빼미 울음을 운다

그 밤의 와룡교(臥龍橋)

용이 누웠다던 다리 와룡교
백룡의 허리처럼 비닐하우스가 출렁이던
그 밤의 와룡교
불탄 나무 냄새
자정 너머 내 할머니와
밤길을 걸었네
젖은 바위
부적에 불을 붙여
맨손으로 올리던 그 밤의 와룡교
내 가계의 비통이
그녀의 손을 불꽃으로 태워
잿가루를
온몸으로 받아 내던
그 밤의 와룡교
숨죽여 듣던 낮은 탄식
내 가계의 울분이
그녀의 심장에 맺힌 피를
밤하늘에 내뿜어
돌아올 수 없이 멀리 흩뿌려지기를

불탄 벽괴목 같던

내 할머니와

밤새 밤하늘에 울려 퍼지던

검은등할미새 울음소리

잊을 수 없는

그 밤의 와룡교

외뿔고래

북반구의 겨울
애기똥풀 화분을 들여놓고
잎이 다 떨어지도록
유두 끝에 이끼 빛 물이 돈다
물의 독백
얇은 막 속 투명한 핏줄
물이
흐르는 대로

얼마나 더 차가워져야 얼음의 체온을 이해할 수 있을까
불을 끄고 침대에 누우면 쇄빙선이 얼음을 깨고 얼음바다
에 나아가는 소리, 선체를 긁는 묵직한 첫소리, 아이스 피
오르, 내 뼈에 새겨진 시린 도끼날

뿔이 얼음인 외뿔고래, 얼음 지느러미와 얼음 등뼈, 얼음
꼬리를 가진 북극의 빙하 사이를 떠도는 외뿔고래 아무것
도 되지 않기 위해 그 무엇도 숭배하지 않아 조율을 원치
않아 처참하게 놀아나지 않아 내 뼈에 새겨진 시린 도끼날

북반구의 봄
애기똥풀 화분을 내어놓고
잎이 무성하도록
배에서 물 흐르는 소리가 들린다
물의 속삭임
얇은 막 속에 담긴
물이 흐르는 대로
얼음보다 낮은 체온으로
수압을 견디는
투명한 피와 하얀 아가미의
외뿔고래
다시,
유두 끝에 이끼 빛 물이 돈다

머리카락 자리

입 속에서 진흙 비 내리는 밤
죽은 여자의 백골에 곤두선
머리카락들의 텅 빈 증언
구더기 들끓는
거웃의 닻줄로 하프를 뜯는다
그리고 나는
밤새 가슴에 맺힌 흰 피의 과육을 밤하늘에 뿌린다
피가 몰린다
살이 떨린다
밤 속에서
짙은 밤의 비탈에서
핏발 선 눈으로
떨리는 걸음으로
창밖으로 자라나는
내 검은 머리카락을 바라본다
머리카락 자리 위
검은 눈 은하
별빛을 빨아들이는
검푸른 암초대 물풀의 흐느낌

그 아득한 별의 태동

백골에 곤두선

별의 죽음

밖의 죽음

혜성이 하늘의 눈동자를 긋고

밤의 음부 속으로

파고든다

깊이

더 깊이

입속에서 진흙 비 내리는 밤

몰이꾼과 저격수

돌능금나무 등치에 세 들어 살고 싶다던 남자의 목소리가 전화기 너머에 고여 있어, 그 목소리는 바다에 내리는 눈, 적도의 만년설, 얼음집 내벽 녹았다 다시 얼어붙은 물방울, 너는 잠시 빛나고, 나는 적막을 품고, 허기의 기록들이 마침내 느슨하게 흐르고, 달빛의 윤곽 너머 안개 낀 밤의 아늑한 사라짐들, 반역들, 불분명한 용서들

우리는 서로 쫓는 자와 쫓기는 자, 겨냥하는 자와 숨는 자, 서로의 지형도를 숨긴 채, 표적을 향해 달려들지만 대열은 흩어지고, 표적은 간 곳 없고, 게릴라성 호우와 수치심에 대해, 먼 훗날 빙하에 갇힌 채 얼어 버린 바람의 심장을 뚫고, 내 사랑의 저격을 완성시킬 수 있을까!

찢어지는 남자, 찢어지는 여자

신교동 맹학교 앞, 태풍 곤파스의 밤, 구름의 포효, 바람의 패창이 포플러를 내리친다 번쩍이는 간판이 그들을 덮친다 가판대가 날아간다 큐피드 노래방, 점멸하는 불빛, 붉은 녹물이 흐르는 우산 속, 편의점 알바 김과 미용실 막내 박, 광풍의 화살을 온몸에 맞는다 찢어지는 남자, 찢어지는 여자

번쩍이는
번개의 갈퀴
여자의 집 앞 계단
찢긴 멱살을 움켜 쥐고
찢어지는 남자! 찢어지는 여자!
찢어진 셔츠, 찢어진 뺨, 찢어진 입술
입속에 고이는 비릿한 피맛, 피의 쇠비린내

태풍의 밤, 포플러 나무 아래 비틀거리는 여자의 손목을 끌어당길 때, 쿵! 뿌리째 뽑혀 그들 앞에 누운 거대한 포플러, 그 앙상한 썩은 뿌리에 내리치는 검붉은 빗물

중력의 해골

데미안, 네가 해골에 8601개의 다이아몬드를 박을 때, 나는 4층 가건물 버리지 못한 책상에서 이런 글이나 끄적이고 있지 전염병이 쓸고 간 도시 태양의 뇌수를 삼킨 스모그, 스모그 속 시커먼 직립 해골들,

쇠막대기로 검독수리의 뇌수를 벅벅 긁어내고 스폰지를 쑤셔 박아 죽음을 완성하던 밤, 코를 찌르는, 포르말린에 절인 썩은 살냄새, 한밤중에 나의 목덜미, 어깨 위에 갑자기 새 떼가 날아들었지 해골을 쪼는, 그 폐를 쥐어짜는 울음소리, 밤새 부풀어 올랐다 사그라지는 검독수리 울음소리, 죄어 오는 발톱, 피와 새똥으로 얼룩진 나의 흰옷에 뿌려진 희부연 달빛의 음각

데미안, 네가 해골에 8601개의 다이아몬드를 박을 때, 나는 검독수리의 가죽을 벗겨 낸다 뒤집힌 해골, 살점을 발라 낸 두개골에서 차례로 도려낸 눈알, 눈알 속에 이식할 플라스틱 눈, 검독수리 가죽 속에 포름알데히드 스펀지 태아를 잉태시킨다, 한 땀 한 땀 정성스레 배를 꿰맨다, 살아 있을 때처럼 윤이 나게 털에 왁스를 바르고 빗질한다

데미안, 네가 해골에 8601개의 다이아몬드를 박아 940억을 벌어들일 때, 나는 버리지 못한 책상, 비루한 운명의 칼로 검독수리 부리에 흰 재갈을 물리고, 본드로 단단히 부리를 봉한다 끝내 내가 보지 못한, 도려낸 눈알 뒤 그 텅 빈 동공의 세계, 머리통을 죄어오는 느리고 광폭한 시간의 쇠망치 소리, 새벽이면 새 떼가 날아와 내 정수리 해골을 쫀다 언제 헐릴지 모를 내 가건물, 내 싱싱한 뇌수에 부리를 박고, 머리통을 죄어 온다, 해골을 울리는 쇠망치 소리, 뇌수를 벅벅 긁어내는 쇠막대기 소리, 아직도 내 머리채를 끌어내리는, 해골을 텅텅 울리는 검독수리 울음소리 2191년 13월 1일

하수구를 뚫는 밤

하수구에 뚫어뻥을 쏟는다
울화가 끓어오른다
두바이 더 타워 유리 천장을 구르던
랩소디 인 블루
목구멍 막장의 툰드라
내 막창의 콜타르
식욕에 지친
내 무거운 몸뚱이
기름 낀 창자와
번뇌의 기름때
하수구에 뚫어뻥을 쏟는다
시커먼 거품이 끓어오른다
때와 머리카락이 뒤엉킨 오물찌꺼기
불어터진 밥알과 라면 가닥들
끼쳐 오는 악취
고무장갑을 끼고
막힌 하수구를 쑤신다
오물이 튄다
썩은내가 진동한다

쑤셔 넣어 비대해진
썩어빠진 배관들
시커먼 악취의 관이
내 발밑을 지나 어디론가 흐른다

밤하늘, 괴물 고래 케투스
주린 목구멍이
물고기자리 별들을 들이마시기 시작했다

카페 부다

　부다는 지금 부다페스트 부다 지구, 카페 부다에 앉아
있지 해묵은 니르바나의 음악, 컴컴한 조명 아래 반가사유
상이 가리키는 곳은 *아기 예수를 매질하는 성모마리아**, 그
런데 말이야 부다는 어젯밤 늙은 박제사가 검은 새를 꿰어
목에 걸어 주는 꿈을 꾸었지 이상하기도 하지 죽은 새는
부리로 부다의 가슴을 쪼다 그의 목소리에 올라타고 검은
새의 혀로 복화술을 터뜨렸지 부다는 자신의 심장 아주 가
까이 새의 부리로 시를 새기는 소리를 들었어 부다는 붉은
조명 아래서 검은 새의 피로 목욕하고 그의 목소리에 자신
의 영혼을 싣기로 했지 그리고 심장을 열어 검은 새를 위
해 절간을 하나 지었지 관을 지었지 납골당을 지었지 그러
자 부다의 몸은 깊이를 알 수 없는 수많은 서랍을 가진 검
은 절이 되었지 관이 되었지 납골당이 되었지 부다는 지금
카페 부다에 앉아 니르바나의 음악을 듣고 있지

＊ 막스 에른스트의 그림 제목이다.

플랫폼

이제 아메바의 시간이다

반죽의 장인들이
아메바를 만들기 시작한다
탄생이 곧 죽음
시작이 곧 끝장인

아메바 아메바 엔드아메바
아메바 아메바 끝장아메바

반죽의 장인들이
내 코에 아메바를 불어넣는다
눈알이 뇌수로 뛰어든다
골을 파먹는다
하얀 어둠이 나를 끌고
어디론가 가고 있다

그리고
내가 볼 수 없는

나의 최후를 주장한다
내가 끝나야 끝장날
너와 나의 피 속에서
우리는 친구가 된다
뼈반죽이 된다
골수가 된다
얼굴이 된다

피 없는 아메바가
내 피 속에서
피를 닦고
염을 한다
관을 들인다

아메바 아메바 엔드아메바
아메바 아메바 끝장아메바

이제, 다시 아메바의 시간이다

이대로인 채 이대로가 아니게

허희(문학평론가)

> 현세의 번뇌를 떨쳐 버리고 죽어서 잠이 들면
> 그 어떤 꿈을 꾸게 될지 몰라 망설일 수밖에 없어.
> 이런 생각 때문에 오랜 세월 지긋지긋한 삶에 매달리지.
> ── 셰익스피어, 노승희 옮김,『햄릿』에서

숙부에게 아버지를 잃은 덴마크 왕자 햄릿은 복수를 고민하며 이렇게 독백했다고 알려져 있다. "사느냐 죽느냐── 그것이 문제구나."(노승희 옮김 : To be, or not to be── that is the question) 그런데 이 문장은 옮긴이에 따라 다르게 번역된다. 이를테면 식민지 시기 영문학자이자 비평가로 활동한 최재서는 "살아 부지할 것인가, 죽어 없어질 것인가."로, 셰익스피어 원문의 수행적 리듬을 고려한 최종철은 "존재할 것이냐, 말 것이냐."로 해석했다. 근래에는 셰익스피어 연구의 권위자 중 한 명인 설준규의 견해 "이대로냐, 아니냐, 그것이 문제다."도 추가되었다. 새삼스레『햄릿』의 유명한 대사를 언급한 까닭은 문혜진의 세 번째 시집『혜성의 냄새』를 여기에 기대어 읽기 위해서이다.

나는 그녀의 첫 번째 시집 『질 나쁜 연애』(2004)를 온갖 불량한 것들의 실존을 고혹적으로 기록한 일기로 읽었고, 두 번째 시집 『검은 표범 여인』(2007)을 갖가지 불온한 것들의 접속 코드를 격렬하게 연주한 음반으로 들었다. 그리고 다음 시집이 나오기까지 10년의 공백이 있었다. 길었던 문혜진의 휴지기는 할 말을 찾지 못한 침묵이라기보다, 할 수 없는 말을 찾기 위한 모색의 과정이었던 것 같다. 두 번째 시집 출간 이후 끊어진 듯 이어진 듯, 그러나 포기하지는 않았던 그녀의 시적 여정은 이제야 일단락되었다. 이전 시집과 이번 시집의 (불)연속성은 그 기간만큼 드리워져 있다. 나에게는 그렇게 나온 문혜진의 세 번째 시집이 무수한 생성과 소멸이 교차로 상연되는 연극으로 보였다.

이 시집이 재현하는 모든 장면이 위에 쓴 'To be, or not to be─that is the question'과 연관되는 듯싶었다. 사느냐 죽느냐, 살아 부지할 것인가 죽어 없어질 것인가, 존재할 것이냐 말 것이냐, 이대로냐 아니냐, 그것이 문제구나. 이것은 시인 자신에게 던지는 삶과 죽음 자체에 대한 물음이자, 독자인 우리에게 제기하는 삶과 죽음의 방식에 대한 의제이다. 그것은 어둠에 뭉개진 금동아미타불 사진을 보며 화자가 떠올리는 생각과 겹친다. "없다는 것은 있었던 것을 지워 나가는 것/ 그것도 아니면/ 있는 것처럼 보이기 위해/ 허공에 황금 근육을 입히는 것" 혹은 "처음부터 없었던 것처럼 보이기 위해/ 허공에 황금 근육을 벗겨 나간다"(「금동아미타불」)는 것이다.

지금 없는 것의 있었던 흔적, 당연히 있는 것처럼 보이는 것의 없었던 자취를 몇 백 년 전 먼저 더듬어 갔던 사람이 바로 햄릿이었다. 그의 존재론적 고뇌와 방법론적 성찰을 문혜진은 『혜성의 냄새』에서 시적으로 전유한다. 몇 백 년이 지나도, 우리의 의도와 기대를 배반하는 인생이란 어쩔 수 없이 비극에 가깝다는 사실이 변치 않았기 때문이다. 그래서 그녀는 종종 역설의 화법으로 말한다. "나는 뜬 눈으로 죽지 않겠다/ 나는 뜬눈으로 죽을 것이다".(「스피팅 코브라식 독설」) 그럼으로써 문혜진은 살면서 죽고, 살아 부지하면서 죽어 없어지고, 존재하면서 존재하지 않고, 이대로인 채 이대로가 아니게, 그것이 문제이면서 문제가 되지 않도록 한다. 가능한 결정의 틀린 상태가 아니라, 불가능한 미결정의 정확한 상태로.

모래 쪽에서 생각하면 형태가 있는 모든 것이 허망하다.
확실한 것은 오로지 모든 형태를 부정하는 모래의 유동뿐이다.
—— 아베 코보, 김난주 옮김, 『모래의 여자』에서

그러니까 '모래의 시'일 수밖에 없었으리라. 같은 제목으로 부제만 달리하여 쓰인 연작시는 이 시집에서 「모래의 시」뿐이다. 알다시피 연작시는 하나의 테마를 시인이 다양하게 탐구한 결과물의 성격을 갖는다. 다른 어떤 것보다 모래에 역점을 두어, 문혜진은 그에 대한 네 편의 시를 썼다. 이것은 모래의 양태와 결부된 (비)장소성— 돈황과 서귀포, 모래의 속성과 관련된 (비)가역성— 아이와 해골과 유령에 관한 연구라 할 만하다. 예컨대 "벼락 맞은 나무가 바위가 되고/ 해안에 밀려온 얼음들이 다시 빙산이 되어/ 모래 속에 갇힌 공기가/ 내 입술에서 재의 말을 끌어낼 때 (……) 열리면서 닫히는/ 보이지 않는/ 모래의 머나먼 빛"(「모래의 시 1— 돈황」)이라는 시구가 그렇다.

돈황은 옛 실크로드의 관문으로 동서양 문명의 기착지였던 곳이다. 모래가 우는 산이라고 불리는 명사산(鳴沙山)이 있는 이곳의 모래는 과거의 영광과 조락을 같이 했을 것이다. 그런 흥성임과 쓸쓸함이 풍화작용의 마지막 단계인 모래에 담겨져 있다. 보통은 무상하다고 느낄 것이다. 그렇지만 이 시는 거기에 다르게 반응한다. "해안에 밀려온 얼음들이 다시 빙산이 되어"가듯이 시곗바늘을 거꾸로 돌리기도 한다. 단지 시간을 거슬러 가는 일에 그치지 않는다. 순행적 흐름을 따르되, "벼락 맞은 나무가 바위가 되고"처럼 사물의 형질을 변화시키기도 한다. 그렇게 함으로써 "모래 속에 갇힌 공기가" 해방되고 시적 화자는 "재의 말"을 한다. 타고 남은 것이라 하여 과연 이를 헛되다 할 수 있을까.

그렇지 않을 것이다. 위에 인용한 시구 앞에는 다음과 같은 구절이 적혀 있었다. "빛이 사라지면/ 모래는 텅 빈/

사막의 현을 켜리라/ 빛은 다른 곳에서/ 모래를 깨우고/ 태양의 기둥을 세우리라" 빛이 있든 없든 모래는 제 할 일을 한다. "모래의 머나먼 빛"이 예증하듯 이 시에서 모래와 빛이 따로 떨어지지 않았기 때문일 것이다. 긍정의 시어와 부정의 시어를 명확히 나누어 쓰는 시인은 삼류이고, 긍정의 시어와 부정의 시어를 맥락에 따라 바꾸어 쓰는 시인은 이류이고, 긍정의 시어와 부정의 시어라는 구분 따위를 시에서 무화하는 시인이 일류이다. 문혜진은 모래와 빛에 내재한 관습적 상징을 일소에 부치고, 그것이 "열리면서 닫히는" 순간에 집중한다. 그녀가 우리의 상투적 감각을 교란하는 일류 시인임을 이 부분에서 재차 확인할 수 있다.

『천 개의 고원』에서 들뢰즈·가타리는 사막을 '매끄러운 공간'으로 규정했다. 어디에도 얽매이지 않고 탈주할 수 있는 탁 트인 사막은 그들이 서술한 유목주의의 표상이었다. 그러나 중동 지역과 같은 현실의 사막은 들뢰즈·가타리가 개념화한 '전쟁 기계'의 활동 무대가 아니라 실제로 전쟁터이다. "사흘 굶고 한 끼를 풀로 때우는 소년병들의 기아와 기근, 선전포식자, 거대한 탐욕에 눈 먼 콜레스테롤 수치만 높이는 그들의 독, 독, 독트린 (……) 서로 다른 주기를 가진 종족들이 서로를 감시하며, 뒤틀린 독, 독, 독틀린 독, 독, 독트린"(「모래의 시 4— 사막의 독트린」)이 사막을 잠식하고 있다. 어린 아이들을 앞세워 전쟁을 벌이는 이들이 표방하는 원칙— 그럴듯한 독트린이란 실상 "뒤틀린 독" 같은 것에 지나지 않는다.

전쟁 이데올로기가 "거대한 탐욕에 눈 먼 콜레스테롤 수치만 높이는 그들의 독"임을 이 시는 반복적으로 강조한다. 이런 점에서 독트린 앞에 나오는 '독(毒)'의 연쇄를 눈여겨 볼 필요가 있다. 이것은 동일한 단어의 활용에 의한 음성 운율적 효과에 그치지 않는다. 게으른 시는 언어유희를 한갓 말놀이로 끝낸다. 한데 이 시는 그런 류의 시와 엄연히 다르다. 둘의 차이는 시의 소릿값을 시적 의미화로 이행시킬 수 있느냐, 즉 리듬의 유무로 판가름 난다. 이 시가 서로 총구를 겨누게 하는 독트린이 이들을 죽이는 독으로 본다는 것을 이미 말했다. 덧붙여 말하자. 그것은 "뒤틀린 독, 독, 독틀린 독, 독, 독트린"으로 표현되며 그 메시지를 부각한다. 그러는 동시에 변이한 독이 점점 퍼져 가는 양상을 드러낸다. 중독의 기미라고 해도 좋을 것이다.

문혜진은 모래의 형이상학을 개진하면서 모래의 형이하학을 아우른다. 대상을 바라보는 그녀의 시선이 다층적인 총체성을 지향한다는 말이다. 형이상학만을 추구할 때 시는 수수께끼의 철학이 되어 버리고, 형이하학만을 염두에 둘 때 시는 계몽을 위한 구호가 되어 버리기 십상이다. 'To be, or not to be─ that is the question'은 형이상학이 제기하는 삶과 죽음의 존재론적 질문처럼 보인다. 하지만 그것이 전부는 아니다. 형이하학이 내포하는, 그리하여 도대체 어떻게 할 것이냐는 현실론적 질문과도 맞닿아 있다.

(비)존재는 절대자의 섭리일지도 모르지만 인간의 의지이기도 하다. 양자를 포괄하는 문혜진의 관점이 빛을 발하는 것은 「모래의 시 4—사막의 독트린」을 시작하는 구문이다.

"밤과 낮이 모두 검거나 흰, 그런 날들이었어 아군이 적군이 되고 적군이 아군이 되어, 서로의 뒤통수에 보이지 않는 살상무기들, 흰 매가 사막 폭풍을 뚫고 지나갔어" 밤과 낮의 뒤엉킴, 적과 동지를 나눌 수 없는 상황, 살상무기가 겨누어진 그런 날들 가운데 사막 폭풍을 뚫고 지나가는 흰 매. 참혹한 실제와 숭고한 실재가 한 프레임 안에 들어 있는 광경을 제시하는 시이다. 이 문장을 읽으며 그녀가 불가능한 미결정의 정확한 상태를 시로 쓰려고 한다는 사실을 다시금 떠올린다. 거론하지 않은 나머지 연작시에도 이런 모습이 나타나 있다. "쓸려 나간 파도가/ 대양을 돌아/ 내 발 아래 널린 흰 뼈와 이빨들"(「모래의 시 3—서귀포」)이라거나, "달을 썰어 푸른 늑대에게 던지니/ 눈동자에 흑운모가 박히고/ 밤새 모래톱을 핥는 푸른 늑대 울음"(「모래의 2—모래톱」)으로 완결된 시에 이르기까지.

이와 연결지어 '일본의 카프카'로 칭해지는 아베 코보가 1962년에 쓴 소설을 부기해 두고 싶다. 모래 구덩이에서 탈출할 수 있었음에도 불구하고, 그곳에서 빠져나오기를 거부한 인간이 등장하는 『모래의 여자』이다. 이 작품에서 그는 형태가 있는 것의 허망함을 이야기하며 '모래의 유동'만이 확실하다고 적는다. 시간의 축적에 따라 모든 온전한 것은 결국 모래처럼 잘게 부숴지리라. 그러나 쓸리고 모이는 모래의 움직임은 사라지지 않는다. 어떤 것들의 질료를 간직한 채 모래는 살아 있다. 그렇다면 무엇이 이대로 존재하는 것이고, 무엇이 이대로 존재하지 않는 것이라고 할 수 있을까. 「모래의 시」 연작이 여러 갈래의 통로로 가닿으려 한 것은, 죽어 간다는 말과 살아간다는 말이 반의어가 아니라 동의어라는 모순 같은 진실이다.

> 혜성은 지구 생명의 창조자이자 보호자이자
> 파괴자의 역할을 하는지도 모른다.
> ── 앤 드루얀·칼 세이건, 김혜원 옮김,『혜성』에서

이런 지평에서 표제작 「혜성의 냄새」를 살펴본다. '빗자루 별'이라는 뜻의 혜성(彗星)은 태양 주위를 도는 작은 천체다. 빗자루로 쓸 듯 하늘을 긋고 지나가는 혜성은 옛날에는 재앙을 암시하는 불길한 징조로 받아들여졌다. 이와 같은 주술적 징표를 과학적으로 접근한 사람이 17세기 영국의 천문학자 에드먼드 핼리였다. 그는 예전에 관찰되었던 혜성이 일정하게 출현했다는 공통점을 발견한다. 76년을 주기로 지구 주위를 타원 궤도로 도는 혜성이 있다고 예측한 핼리의 추론은 나중에 사실로 밝혀졌다. 후대인들은 그의 업적을 기려 그것에 '핼리혜성'이라는 이름을 붙였다. 최근에는 로제타 탐사선을 통해, 한 혜성을 이루는 분자가 포

름알데히드·메탄·암모니아·사인화수소임이 알려졌다. 죄
다 불쾌한 악취를 내뿜는 것들이다. 만약 코로 킁킁거려
본다면, 썩은 계란이 가득 차 있는 마구간 냄새가 날 것이
라 한다.

핼리 혜성이 마지막으로 관측된 것은 1986년

내 나이 열한 살 때,

다음 접근 시기는 2062년 여름

이 밤

나는 상상한다

불타는 혜성의 냄새를

포름알데히드

유골캡슐 로켓이

우주로 발사된다

우주장례식

너의 시간은

포름알데히드 수조에 가라앉는

감람석 빛 운석

메탄

너는 오르트 구름과 카이퍼 벨트 사이

얼음알갱이로 떠돌다

던져졌다

너는 지금

명왕성 지하 바다

메탄의 대기를 지난다

태양과 점점 멀어진다

타들어 가는 초침을 가진

내 두개골 속 시계

암모니아

그날 밤,

그 냄새는

내 몸 속 어두운 구석에서 시작되었다

고름 고인 이빨 사이

가랑이 사이

땀구멍

털 속

림프관에서 시작되었다

아니

나팔관 호른의 월식

구토

밸이 꼬인

시궁창

쓸개즙

밑바닥

뻘

마그마

그 아래

가장 깊은 바다

마리아나 해구 폭풍 속에서

끓어오르는

흰 이빨 아귀 울음소리

사인화수소

　아파트 15층 옥상, 거대한 황금빛 화분, 너는 난간에 서서
깊이 숨을 들이쉰다 알몸을 웅크린 채, 숨을 참고 몸을 던진
다 납추를 달고 깊이, 더 깊이, 가장 깊은 바다 마리아나 해구
첼린저 해연, 그 차가운 암흑의 바다로 금빛 불길이 바다의 관
덮개를 지진다, 굉음, 치솟는 빙괴, 수장된 불꽃의 메아리

아파트 15층 옥상,

벽돌 수직 낙하

퍽!

피투성이 얼굴

그 위로 혹 끼쳐오는

불타는 혜성의 냄새

　　　　　　　　　　　　——「혜성의 냄새」

　이것이 문혜진이 상상한 "불타는 혜성의 냄새"이다. 이
시의 화자는 혜성의 궤적을 관찰하지 않는다. 혜성의 냄
새를 맡으려 한다. 외양보다는 구성 요소에 천착하여 본
질을 탐색하겠다는 자세이다. 그 작업은 이원화하여 검
토해 볼 수 있다. 각기 범주가 다른 두 개의 폰트와 '나
와 너'라는 두 개의 지시대명사가 이 시에 쓰이기 때문이
다. 1연·2연·4연·6연·8연·10연은 고딕 계열의 서체이고,
그 외 3연·5연·7연·9연의 서체는 바탕체이다. 폰트에 의
한 구별 짓기로 시인이 나타내려고 한 의도가 있다는 뜻
이다. 우선 짐작되는 바는 고딕체가 바탕체의 상위 항목
이라는 것이다.
　가령 "포름알데히드"(2연)의 하위 항목이 "포름알데히
드 수조"(3연)이고, "메탄"(4연)의 하위 항목이 "메탄의
대기"(5연)이며, "암모니아"(6연)의 하위 항목이 "고름고
인 이빨 사이/ 가랑이 사이"(7연)이고, 독가스 "사인화수

소"(8연)의 하위 항목이 "몸을 던진"(9연)으로 묶인다. 그렇게 보면 1연과 10연은 수미상관 구조의 최상위 항목으로 기타 항목을 수렴한다. 그러고 나서 우리가 주목해야 할 점은 정체가 분명해 보이는 '나'보다는, '너'가 담지하는 실체를 찾는 일이다. 하나는 혜성일 것이다. "너의 시간은/ 포름알데히드 수조에 가라앉는/ 감람석 빛 운석"이라든가, "너는 오르트구름과 카이퍼벨트 사이/ 얼음알갱이로 떠돌다/ 던져졌다"와 같은 시구가 이런 추측을 방증한다.

'너'를 가리키는 것은 다른 하나가 더 있어야 한다. 그렇지 않으면 10연과 연계된 9연 "아파트 15층 옥상, 거대한 황금빛 화분, 너는 난간에 서서 깊이 숨을 들이쉰다 알몸을 웅크린 채, 숨을 참고 몸을 던진다"는 시구가 해명되지 않는다. 어쩌면 '너'는 혜성처럼 높은 곳에서 투신하는 누군가일 것이다. 그러나 "피투성이 얼굴/ 그 위로 훅 끼쳐오는 불타는 혜성의 냄새"는 '너'가 혜성 혹은 미지의 누군가로 분리될 수 없는 대상임을 나타낸다. 그것을 억지로 확정하면 오류가 발생할 것이다. 'To be, or not to be—that is the question'의 문제의식은 이 시에도 포함되어 있다. 과학 저술가 앤 드루얀·칼 세이건은 혜성이 창조자이자 보호자이자 파괴자라고 주장한다. 그렇다고 한다면 이 시에 거론된 '너'의 불확정성을 이해하지 못할 이유도 없다.

아, 화살 맞은 사슴은 울게 두고
다치지 않은 사슴은 뛰놀게 하라.
누군가는 잠을 못 자도 누군가는 잠을 잘 자네.
그런 게 세상의 이치라네.
— 셰익스피어, 노승희 옮김, 『햄릿』에서

"너는 켜고/ 나는 끈다"(「생의 춤」)는 어긋남의 법칙,
"누군가를 물어야/ 나도 살아남을 수 있다"(「흡혈 박쥐」)는
잔혹함의 규칙, "성단과 먼지 구름 속으로 자라는 내 통
증의 첨탑"(「통증의 해부학」)이 아니면 생명이 탄생하지 못
하는 고통의 원칙. 『혜성의 냄새』를 읽으며, 그런 부조리
와 불평등과 괴로움이 문혜진이 상정하는 '세상의 이치'일
수 있겠다는 생각이 들었다. 그렇지만 여기에 순순히 따르
는 일을 '인간의 이치'라고 할 수는 없다. 그녀가 쓴 시의
화자가 토로하는 열렬한 언어들은 그에 대한 거부와 충돌
의 파열음이다. 그러므로 이것은 존재에 대한 존재자의 의
문 섞인 항변이나 다름없다. 어차피 정답은 확인하지 못한
채, 스스로 해답을 찾아야하겠지만 그것은 그것대로의 가
치가 있다.

서두에서 나는 이 시집이 재현하는 모든 장면이 'To be,
or not to be— that is the question'과 연관된다고 썼다.
삶과 죽음 자체에 대한 자문, 삶과 죽음의 방식에 대한 회
의는 사느냐 죽느냐, 살아 부지할 것인가 죽어 없어질 것인
가, 존재할 것이냐 말 것이냐, 이대로냐 아니냐 하는 첨예

한 문제이다. 그런데 문혜진은 시를 통해 질문의 형식을 바꾼다. 살면서 죽고, 살아 부지하면서 죽어 없어지고, 존재하면서 존재하지 않고, 이대로인 채 이대로가 아니게, 문제이면서 문제가 되지 않도록 하는 것이다. "무엇을 향한 조준인지, 절박인지, 맹목인지 그 눈의 깊이를 알 길이 없고 내 마음도 알 길이 없네."(「인왕산에서」) 그녀는 수리부엉이에 대해 이렇게 썼다.

마찬가지로 가능한 결정의 틀린 상태가 아니라, 불가능한 미결정의 정확한 상태는 알 길이 없다. 그럼에도 그것이 이런 시 같기를 바라는 마음은 도무지 어쩌지 못한다. "엄마, 나는 물이 되고 싶어/ 다섯 살 난 너의 아침에 핀/ 노랑 수선화/ 그 말은 참 아득한/ 물기 어린 말// 물이 된다는 것/ 너는 이미 물이라는 것// 얇고 투명한 막에 쌓인/ 너라는 아이가/ 황사의 하늘로/ 뿌연 이 아침/ 노랑 수선화 곁에서/ 투명하게 웃는다/ 너의 망아지 같은 웃음에/ 내 몸 속 버석이던/ 모래가 씻기고/ 나는 다시 생기롭다/ 물이 돈다// 물이 된다는 것/ 나도 이미 물이라는 것".(「물기 어린 말」) 물이 되고 싶다는 아이의 말이 엄마에게 물처럼 스며든다. 경이로운 존재의 전이이다. 지금 없는 것의 있었던 흔적, 당연히 있는 것처럼 보이는 것의 없었던 자취가 여기에 아른거린다.

지은이　　**문혜진**

1976년 경북 김천에서 태어났다.
1998년《문학사상》으로 등단했으며
시집 『질 나쁜 연애』 『검은 표범 여인』이 있다.
『검은 표범 여인』으로 김수영 문학상을 받았다.

혜성의 냄새

1판 1쇄 찍음 2017년 1월 13일
1판 1쇄 펴냄 2017년 1월 20일

지은이 문혜진
발행인 박근섭, 박상준
펴낸곳 **(주)민음사**

출판등록 1966. 5.19. (제16-490호)
서울특별시 강남구 도산대로1길 62(신사동)
강남출판문화센터 5층 (06027)
대표전화 515-2000 / 팩시밀리 515-2007
www.minumsa.com

ISBN 978-89-374-0850-2 04810
　　　978-89-374-0802-1 (세트)

* 이 책은 서울문화재단 2016년 문학창작집 발간지원사업의 지원을 받았습니다.

민음의 시
목록

001 전원시편 고은

002 멀리 뛰기 신진

003 춤꾼 이야기 이윤택

004 토마토 씨앗을 심은 후부터 백미혜

005 징조 안수환

006 반성 김영승

007 햄버거에 대한 명상 장정일

008 진흙소를 타고 최승호

009 보이지 않는 것의 그림자 박이문

010 강 구광본

011 아내의 잠 박경석

012 새벽편지 정호승

013 매장시편 임동확

014 새를 기다리며 김수복

015 내 젖은 구두 벗어 해에게 보여줄 때
       이문재

016 길안에서의 택시잡기 장정일

017 우수의 이불을 덮고 이기철

018 느리고 무겁게 그리고 우울하게 김영태

019 아침책상 최동호

020 안개와 불 하재봉

021 누가 두꺼비집을 내려놨나 장경린

022 흙은 사각형의 기억을 갖고 있다 송찬호

023 물 위를 걷는 자, 물 밑을 걷는 자 주창윤

024 땅의 뿌리 그 깊은 속 배진성

025 잘 가라 내 청춘 이상희

026 장마는 아이들을 눈뜨게 하고 정화진

027 불란서 영화처럼 전연옥

028 얼굴 없는 사람과의 약속 정한용

029 깊은 곳에 그물을 남진우

030 지금 남은 자들의 골짜기엔 고진하

031 살아 있는 날들의 비망록 임동확

032 검은 소에 관한 기억 채성병

033 산정묘지 조정권

034 신은 망했다 이갑수

035 꽃은 푸른 빛을 피하고 박재삼

036 침엽수림에서 엄원태

037 숨은 사내 박기영

038 땅은 주검을 호락호락 받아 주지 않는다 조은

039 낯선 길에 묻다 성석제

040 404호 김혜수

041 이 강산 녹음 방초 박종해

042 뿔 문인수

043 두 힘이 숲을 설레게 한다 손진은

044 황금 연못 장옥관

045 밤에 용서라는 말을 들었다 이진명

046 홀로 등불을 상처 위에 켜다 윤후명

047 고래는 명상가 김영태

048 당나귀의 꿈 권대웅

049 까마귀 김재석

050 늙은 퇴폐 이승욱

051 색동 단풍숲을 노래하라 김영무

052 산책시편 이문재

053 입국 사이토우 마리코

054 저녁의 첼로 최계선

055 6은 나무 7은 돌고래 박상순

056 세상의 모든 저녁 유하

057 산화가 노혜봉

058 여우를 살리기 위해 이학성

059 현대적 이갑수

060 황천반점 윤제림

061 몸나무의 추억 박진형

062 푸른 비상구 이희중

063 님시편 하종오

064 비밀을 사랑한 이유 정은숙

065 고요한 동백을 품은 바다가 있다 정화진

066 내 귓속의 장대나무 숲 최정례

067 바퀴소리를 듣는다 장옥관

068 참 이상한 상형문자 이승욱

069 열하를 향하여 이기철

070 발전소 하재봉

071 화염길 박찬

072 딱따구리는 어디에 숨어 있는가 최동호

073 서랍 속의 여자 박지영

074 가끔 중세를 꿈꾼다 전대호

075 로큰롤 해본 김태형

076 에로스의 반지 백미혜

077 남자를 위하여 문정희

078 그가 내 얼굴을 만지네 송재학

079 검은 암소의 천국 성석제

080 그곳이 멀지 않다 나희덕

081 고요한 입술 송종규

082 오래 비어 있는 길 전동균

083 미리 이별을 노래하다 차창룡

084 불안하다, 서 있는 것들 박용재

085 성찰 전대호

086 삼류 극장에서의 한때 배용제

087 정동진역 김영남

088 벼락무늬 이상희

089 오전 10시에 배달되는 햇살 원희석

090 나만의 것 정은숙

091 그로테스크 최승호

092 나나 이야기 정한용

093 지금 어디에 계십니까 백주은

094 지도에 없는 섬 하나를 안다 임영조

095 말라죽은 앵두나무 아래 잠자는 저 여자
    김언희

096 흰 책 정끝별

097 늦게 온 소포 고두현

098 내가 만난 사람은 모두 아름다웠다
    이기철

099 빗자루를 타고 달리는 웃음 김승희

100 얼음수도원 고진하

101 그날 말이 돌아오지 않는다 김경후

102 오라, 거짓 사랑아 문정희

103 붉은 담장의 커브 이수명

104 내 청춘의 격렬비열도엔 아직도
    음악 같은 눈이 내리지 박정대

105 제비꽃 여인숙 이정록

106 아담, 다른 얼굴 조원규

107 노을의 집 배문성

108 공놀이하는 달마 최동호

109 인생 이승훈

110 내 졸음에도 사랑은 떠도느냐 정철훈

111 내 잠 속의 모래산 이장욱

112 별의 집 백미혜

113 나는 푸른 트럭을 탔다 박찬일

114	사람은 사랑한 만큼 산다 박용재	153	아주 붉은 현기증 천수호
115	사랑은 야채 같은 것 성미정	154	침대를 타고 달렸어 신현림
116	어머니가 촛불로 밥을 지으신다 정재학	155	소설을 쓰자 김언
117	나는 걷는다 물먹은 대지 위를 원재길	156	달의 아가미 김두안
118	질 나쁜 연애 문혜진	157	우주전쟁 중에 첫사랑 서동욱
119	양귀비꽃 머리에 꽂고 문정희	158	시소의 감정 김지녀
120	해질녘에 아픈 사람 신현림	159	오페라 미용실 윤석정
121	Love Adagio 박상순	160	시차의 눈을 달랜다 김경주
122	오래 말하는 사이 신달자	161	몽해항로 장석주
123	하늘이 담긴 손 김영래	162	은하가 은하를 관통하는 밤 강기원
124	가장 따뜻한 책 이기철	163	마계 윤의섭
125	뜻밖의 대답 김언희	164	벼랑 위의 사랑 차창룡
126	삼천갑자 복사빛 정끝별	165	언니에게 이영주
127	나는 정말 아주 다르다 이만식	166	소년 파르티잔 행동 지침 서효인
128	시간의 쪽배 오세영	167	조용한 회화 가족 No. 1 조민
129	간결한 배치 신해욱	168	다산의 처녀 문정희
130	수탉 고진하	169	타인의 의미 김행숙
131	빛들의 피곤이 밤을 끌어당긴다 김소연	170	귀 없는 토끼에 관한 소수 의견 김성대
132	칸트의 동물원 이근화	171	고요로의 초대 조정권
133	아침 산책 박이문	172	애초의 당신 김요일
134	인디오 여인 곽효환	173	가벼운 마음의 소유자들 유형진
135	모자나무 박찬일	174	종이 신달자
136	녹슨 방 송종규	175	명왕성 되다 이재훈
137	바다로 가득 찬 책 강기원	176	유령들 정한용
138	아버지의 도장 김재혁	177	파묻힌 얼굴 오정국
139	4월아, 미안하다 심언주	178	키키 김산
140	공중 묘지 성윤석	179	백 년 동안의 세계대전 서효인
141	그 얼굴에 입술을 대다 권혁웅	180	나무, 나의 모국어 이기철
142	열애 신달자	181	밤의 분명한 사실들 진수미
143	길에서 만난 나무늘보 김민	182	사과 사이사이 새 최문자
144	검은 표범 여인 문혜진	183	애인 이응준
145	여왕코끼리의 힘 조명	184	얘들아, 모든 이름을 사랑해 김경인
146	광대 소녀의 거꾸로 도는 지구 정재학	185	마른하늘에서 치는 박수 소리 오세영
147	슬픈 갈릴레이의 마을 정채원	186	ㄹ 성기완
148	습관성 겨울 장승리	187	모조 숲 이민하
149	나쁜 소년이 서 있다 허연	188	침묵의 푸른 이랑 이태수
150	앨리스네 집 황성희	189	구관조 씻기기 황인찬
151	스윙 여태천	190	구두코 조혜은
152	호텔 타셀의 돼지들 오은	191	저렇게 오렌지는 익어 가고 여태천

192 이 집에서 슬픔은 안 된다 김상혁

193 입술의 문자 한세정

194 박카스 만세 박강

195 나는 나와 어울리지 않는다 박판식

196 딴생각 김재혁

197 4를 지키려는 노력 황성희

198 .zip 송기영

199 절반의 침묵 박은율

200 양파 공동체 손미

201 온몸으로 밀고 나가는 것이다
      서동욱·김행숙 엮음

202 암흑향 暗黑鄕 조연호

203 살 흐르다 신달자

204 6 성동혁

205 응 문정희

206 모스크바예술극장의 기립 박수 기혁

207 기차는 꽃그늘에 주저앉아 김명인

208 백 리를 기다리는 말 박해람

209 묵시록 윤의섭

210 비는 염소를 몰고 올 수 있을까 심언주

211 힐베르트 고양이 제로 함기석

212 결코 안녕인 세계 주영중

213 공중을 들어 올리는 하나의 방식 송종규

214 희지의 세계 황인찬

215 달의 뒷면을 보다 고두현

216 온갖 것들의 낮 유계영

217 지중해의 피 강기원

218 일요일과 나쁜 날씨 장석주

219 세상의 모든 최대화 황유원

220 몇 명의 내가 있는 액자 하나 여정

221 어느 누구의 모든 동생 서윤후

222 백치의 산수 강정

223 곡면의 힘 서동욱

224 나의 다른 이름들 조용미

225 벌레 신화 이재훈

226 빛이 아닌 결론을 찢는 안미린

227 북촌 신달자

228 감은 눈이 내 얼굴을 안태운

229 눈먼 자의 동쪽 오정국